JAN FLORIAN CREMER

Gefühl der Stille

JAN FLORIAN CREMER

Gefühl der Stille

© 2017 Autor: Jan Florian Cremer
Umschlag, Illustration: Laura Burzeja
Herstellung und Verlag
BoD -Books on Demand, Norderstedt

Bibliografische Informationen der Deutschen Nationalbibliothek. Die Deutsche Nationalbibliothek verzeichnet diese Publikation in der Deutschen Nationalbibliografie, detaillierte bibliografische Daten sind im Internet über http://dnb.dnb.de abrufbar.

ISBN: 9 78741270666

Printed in Germany

Für Sanni

„Wie atmet rings Gefühl der Stille.

Der Ordnung, der Zufriedenheit!

In dieser Armut welche Fülle!

In diesem Kerker welche Seligkeit!"

Johann Wolfgang von Goethe

Hektor

Hektor fährt den grünen John Deere Rasentraktor vom Hof der Familie von Gehlen über den staubigen Feldweg, den Hang hinauf, entlang der Waldgrenze des Hügels. Der kleine Traktor wirbelt Staub auf der in der Sonne flimmert. Hektor hüpfte bei jedem Schlagloch auf dem Traktor auf und ab.

Er biegt ab auf den gepflasterten Vorplatz seines kleinen Heuerhauses, springt herunter und öffnet das Tor von dem Holzschuppen und schiebt den Traktor hinein.

Fast ununterbrochen seit seiner Geburt vor sechsundsiebzig Jahren wohnt Hektor in dem kleinen Heuerhaus. Nach dem Tod seiner Eltern hatte er es zusammen mit seiner Schwester Lisbeth übernommen. Seine Eltern wurden 1945 auf einem Feldweg von Fliegern erschossen. Nach einigen Jahren im Heim konnte er, als er achtzehn Jahre alt wurde, das Heuerhaus wieder von Familie von Gehlen pachten und arbeitete wie sein Vater als Verwalter des Hofes der von Gehlen und als Kalfaktor oder Helfer bei den umliegenden Landwirten in Offelten und Preußisch Oldendorf.

Das Scheunentor öffnet sich mit einem lauten Knacken der alten Scharniere, was nur übertönt wird vom Wiehern des alten Esels, der links in einem kleinen Stall steht. Hektor wirft dem alten Tier ein Ballen Heu hin und füllt die Wassertränke auf. Er tätschelt die Stirn und die langen grauen Ohren.

Durch eine niedrige Eichentür geht Hektor in den kleinen Wohnteil des Kotten. Auf den Eichendielen steht auf der linken Seite ein großer Esstisch, mit einem Strauß weißer Schneeballhortensien, auf einer noch weißeren Spitzendecke. Auf der rechten Seite des Raums kocht in einem kleinen Blechtopf Milchsuppe auf einem Kohle befeuerten Stangenherd. Lisbeth dreht sich zu Hektor um. Ihr graues Haar streng zu einem Dutt gebunden.

„Schön, dass du da bist. Essen ist fertig."

Lisbeth öffnet eine Flasche Barre Bräu und stellt sie vor Hektor, der sich auf einen Stuhl am Kopfteil des Tisches setzt. Sie dreht sich wieder zum Ofen, füllt etwas Suppe in eine kleine Suppentasse.

„Danke.", erwidert Hektor ohne Lisbeth anzuschauen.

Hektor schlürft seine Suppe. Steht dann wortlos auf und geht in die kleine Schlafkammer.

Das Heuerhaus hat, neben dem Stallteil und der Küche, nur eine Schlafkammer mit Durkbetten hinter Eichenschranktüren. In den siebziger Jahren wurde in einer Abstellkammer eine nüchterne Nasszelle eingebaut, da nach 150 Jahren das Plumpsklo im Hof ausgedient hatte.

Hektor zieht seine Arbeitsschuhe und seine dunkelgrüne Latzhose aus. Faltet diese und legt sie auf einen Stuhl, wäscht sich unter den Achseln, sein Gesicht und seine silbergrauen Millimeter kurzen Haare. Er schaut in den gesprungenen Spiegel, blickt in sein faltiges gebräuntes Gesicht und entscheidet den stoppeligen Dreitagebart zu rasieren.

Aus einem Weichholzschrank nimmt er ein Unterhemd und ein weißes gestärktes Hemd. Sein Sonntagsanzug hat schon bessere Zeiten erlebt. Wie er selbst. Es könnte auch noch sein Konfirmationsanzug sein. Der einzige Maßanzug den Hektor je besessen hat, vom Schneider in Minden. Das einst tiefe Schwarz, aus Schurwolle, ist nun bleigrau. Die Ärmel sind etwas zu kurz und an den Schultern sitzt das Sakko etwas knapp. Trotzdem hängt der Stoff wie ein ausgeleierter Sack. Die alten Schuhe werden noch etwas mit Schuhwichse poliert. Grußlos verlässt Hektor den Kotten, geblendet von der Abendsonne. Er geht den Feldweg hinunter Richtung Offelten, dann nimmt er die Abkürzung über die stillgelegten Bahngleise.

Er genießt die Ruhe und die Abendsonne, blickt über die Kilometer langen verwilderten Gleise und sieht in der Ferne den Kirchturm der evangelischen Kirche von Preußisch Oldendorf. Hektor besucht jeden Tag nach getaner Arbeit die alte Kirche, am liebsten zu Zeiten an denen kein Gottesdienst stattfindet. Dann hat er mehr Ruhe zum Nachdenken und ist nicht den Blicken und dem Gerede der Dorfbewohner ausgesetzt. Heute ist Gottesdienst.

Lisbeth

Lisbeth wäscht das Geschirr ab und reinigt den alten Stangenofen. Wischt über den Tisch, arrangiert die Schneeballhortensien und die Spitzendecke wieder ordentlich und fegt die Eichendielen.

Sie begleitet Hektor nie zur Kirche und oder zum Gottesdienst. Nicht weil sie nicht gläubig ist. Im Gegenteil, Lisbeth betet jeden Tag. Für sich allein. Sie hat ein Kruzifix im Schlafzimmer und kniet jeden Tag davor. Aber die Kirche betritt Sie nie. Nach allem was passiert ist, kann Sie weder das Gotteshaus betreten, sie hält sich für ungnädig und aus Scham vor den Dorfbewohner. Jeden Tag kniet sie morgens und abends unter dem Kruzifix und bittet um Vergebung.

Lisbeth geht durch den kleinen Bauerngarten, pflückt etwas Rosmarin und Petersilie. Atmet tief den Duft der Kräuter ein. Dann geht sie weiter zu den Gänsen, die schnatternd auf sie zu laufen. Die jungen Gänse wissen genau, jetzt bekommen sie Futter bekommen und recken Ihre Hälse. Was die Tiere noch nicht wissen, in ein paar Monaten, zu St. Martin, wird ihnen von der Frau die sie jetzt pflegt und füttert, der Kopf abgeschlagen. Die Martinsgänse von Lisbeth sollen die Besten der ganzen Region sein und sind so ein gutes Zubrot für Lisbeth und Hektor.

Nach dem Füttern der Gänse ist auch Lisbeths Arbeit für heute getan. Die Sonne geht langsam über Preußisch Oldendorf unter. Noch etwas Zeit bis Hektor aus der Kirche zurückkommt. Meistens geht er noch auf ein Bier in die Kneipe. Gespräche führt er dort nicht. Er gehört nicht zu den Männern die an einem Stammtisch debattieren. Er sitzt alleine, trinkt und beobachtet.

Lisbeth genießt die Zeit für sich allein. Sie kocht sich einen Tee, wäscht sich und zieht sich ihr weißes Nachthemd über. Dann setzt sie sich vor den zerbrochenen Spiegel, öffnet ihren Dutt, so dass ihr langes silbergraues Haar über ihre Schultern fällt. Sie bürstet Ihre langen Strähnen und bindet sie zu einem Pferdeschwanz.

Im Schlafzimmer kniet Sie vor dem Kruzifix, kreuzigt sich und betet.

„Und Herr vergib uns unsere Sünden, und Herr vergib uns unsere Sünden, und Herr vergib uns unsere Sünden.", wiederholt und fleht sie kaum hörbar.

Lisbeth und Hektor

Es ist halb elf als Hektor nach Hause kommt. Er schleicht durch die Küche in die Schlafkammer. Versucht die Holztüren so leise zu öffnen wie möglich. Obwohl er weiß, die alten Scharniere knarren und wecken Lisbeth. Spätestens beim hineinlegen in das Schrankbett würde er sie aufwecken. Vorsichtig zieht er die Schuhe aus, wobei er fast sein Gleichgewicht verliert. Zieht den Anzug aus und legt ihn über den Stuhl. In Hemd, Socken und Unterhose schiebt er die Tür des Schrankbettes auf und klettert hinein unter die Daunendecke.

Lisbeth liegt mit dem Rücken zu Hektor und stellt sich schlafend. Hektor legt einen Arm um sie und zieht sich an sie heran. Sein Atem riecht nach Bier.

Der Arm wandert langsam herunter. Erst unter die Decke, dann unter das Nachthemd von

Lisbeth. Er schiebt es soweit hoch, bis er die Brüste unter dem Büstenhalter umfassen kann.

Lisbeth bewegt sich nicht und liegt da wie erstarrt.

Hektors Hand fährt langsam über ihren faltigen ausgemergelten Körper bis zu ihrem Slip, zieht ihn herunter. Mit einer schnellen Bewegung streift er seine Unterhose genauso weit ab, dass sein erigierter Penis herausspringt.

Hektor nimmt sein Glied und führt es an der gewohnten trockenen Stelle ein.

Lisbeth stöhnt nur ganz leise auf. Eine Träne rinnt über ihre Wange und tropft auf das Kissen.

Es sind nur wenige unsanfte Stöße, dann ist Hektor mit einem tiefen Grunzen fertig.

Sein erschlaffter Penis rutscht heraus. Er dreht sich mit dem Rücken zu ihr und schläft ein.

Lisbeth liegt noch eine Weile da, spürt wie das Sperma aus ihrer Scheide tropft. Bis sie endlich auch Schlaf findet.

Lisbeth schläft unruhig und träumt wieder von der Vergangenheit, von dem was sie und Hektor getan haben. Was sie ihr Leben lang getan haben. Und von dem Tag an dem sie das Schlimmste tat, was sie bis heute bereut und was sie nie wieder gut machen kann. Vielleicht war es auch die beste Entscheidung damals. Aber Sie hatte ja keine Wahl. Die Entscheidung wurde ihr abgenommen. Es war ein schreckliches Geschäft was Hektor abgewickelt hat.

Sie dreht sich zwischen der Wand und Hektor hin und her, Schweißperlen auf Ihrer Stirn.

Dann Träumt sie von ihrer Kindheit. Ihre Katze hatte Junge bekommen. Lisbeth hielt die kleinen Babys in ihren Armen, streichelte sie. Sie hört sie miauen, fühlt das flauschige Fell und die kleinen Krallen die über ihren Arm kratzen.

Lisbeth wusste, sie dürfte die Kleinen nicht behalten. Sie wünschte sich aber wenigstens ein schönes zu Hause für sie.

Aber sie hatte auch bei den Kätzchen keinen Einfluss auf das was passieren würde. Hektor war älter und kräftiger. Sie schrie und versuchte ihn aufzuhalten. Aber er schubste sie mit einem Arm einfach weg, um gleichzeitig mit der freien Hand nach den fauchenden Katzenbabys zu greifen und eines nach dem anderen gegen die nächste Wand zu schmettern. Einige starben sofort an Genickbruch. Andere rappelten sich schwankend und schreiend wieder auf, nur damit Hektor sie wieder greifen konnte und erneut gegen die Wand schleudern konnte, bis endlich Stille herrschte.

Die Stille der toten Katzenbabys bleibt nur kurz. Lisbeth wird von einem laut berstenden Geräusch aus dem Traum gerissen.

Sie dreht sich erschrocken zu Hektor herum und sieht wie die Schranktür des Bettes komplett aus den Angeln gerissen wird und mit einem lauten Knall irgendwo im Raum aufprallt.

Licht fällt durch die offene Betttür, ihre Augen können sich nicht schnell genug an das Licht gewöhnen.

Hektor rührt sich nicht, durch den Alkohol am Abend schläft er fest.

Lisbeth sieht nur einen Schatten vor der Betttür. Sie ist starr vor Schreck. Es geht alles so Blitzschnell.

Sie sieht nur die blitzende Klinge ihres Küchenmessers, das durch die Betttür schnellt und mit einem klatschenden Geräusch durch Hektors Kehle sticht. Beim raus ziehen spritzt Hektors Blut gegen ihr Gesicht.

Erst jetzt kann sie schreien und presst sich in die hinterste Ecke des Bettes.

Die Klinge rast wieder durch die Betttür, mit einem Knacken durch Hektors Rippen, der nur einen letzten blubbernden blutigen Atemstoß herauspresst.

Bevor Lisbeth realisieren kann das Hektor tot ist, schießt die Klinge wieder durch die Betttür. Diesmal tiefer so dass Sie kurz den Arm erkennt. Die Klinge streift ihren Busen. Der Arm ist nicht lang genug. Aber sie kann aus dem Bett nicht flüchten. Es gibt keinen Ausweg.

Der ganze Oberkörper des Mannes wirft sich durch die Betttür, er blickt ihr direkt in die Augen. So dunkel und emotionslos.

Lisbeth tritt, trifft ihn im Gesicht. Aber ohne eine Reaktion wirft sich der Mann über den toten Hektor und sticht Lisbeth in die Brust.

Der Mann zieht erst Hektor aus dem Schrankbett, sodass der noch blutende Körper mit einem dumpfen Aufprall zu Boden fällt. Er schleift ihn mit einer blutigen Spur durch die Küche in den Stallteil, lässt ihn dann fallen.

Dann geht er wieder zurück, zehrt Lisbeth aus dem Bett und schleift sie zu Hektor.

Der Esel im Stall wiehert, also ob er wieder Heu bekommen würde.

Beide Körper werden auf eine alte Werkbank gehievt und entkleidet.

Mit dem Küchenmesser schneidet er Fleischteile aus den Oberschenkeln und den Brüsten von beiden und wirft die Teile in Gefrierbeutel.

Die zerstückelten Leichen bleiben zurück, geht in das kleine Badezimmer, reinigt sich und das Messer und verlässt das Heuerhaus.

Jacky

Es ist 5.30 Uhr morgens im Studio. Ein Club in der Essener Innenstadt. Aus den Boxen dröhnen die Bässe im Takt von monotonem minimal Elektro. Mädchen in Sneakern tanzen auf der Tanzfläche unter greller Neonbeleuchtung.

Auf einer Bank oberhalb der Tanzfläche sitzt Jacky. Kurz vorm Einschlafen, weit nach vorne gebeugt, saugt sie an einem Strohhalm aus einer Red Bull Dose. Sie sitzt einfach da, Gedankenverloren wippt sie zur Musik. Ihre langen weißgrau gefärbten Haare, mit blass violetten Spitzen, hängen glatt über ihr Dekolleté. Die Brüste fallen fast aus dem schwarzen Crop Top. Eine schwarze hautenge high waisted Jeans endet knapp unter ihrem Bauchnabel.

Jacky spielt gelangweilt an ihrem Strohhalm und schlägt die Beine von einer Seite auf die

Andere übereinander. Dann schaut sie hoch. Valentin steht vor ihr.

Valentin steht da in einer Biker Lederjacke und mit Dreitagebart. Er ist Neununddreißig und somit neunzehn Jahre älter als Jacky. Rein äußerlich fällt der Altersunterschied kaum auf. Valentin wirkt jugendlich und eher wie neunundzwanzig.

„Komm mit", ruft Valentin Jacky ins Ohr, „ich habe was.".

„Ich muss um sieben zur Arbeit.", antwortet Jacky.

„Genau deshalb, dann bist du gleich wieder fit.", er zieht sie leicht am Arm nach oben damit sie aufsteht. Dann folgt Sie ihm wortlos auf die Herrentoilette.

Valentin stößt die Tür zu einer freien Kabine auf, schiebt Jacky hinein und schließt die Tür.

Aus einem kleinen Alufolienpapier lässt er das weiße Pulver auf den Spülkasten der Toilette rieseln. Mit einer Kreditkarte schiebt er das Pulver zu zwei Linien zusammen. Dann rollt er einen hundert Euro Schein zusammen und zieht eine Line in seine Nase. Mit dem Zeigefinger streift er sich den Rest des Pulvers von der Nase und reicht den Geldschein an Jacky.

Jacky beugt sich nach vorne, mit einer Hand hält sie sich ihre Haare zurück. Sie zieht die zweite Line. Sie spürt das Pulver mit einem leichten Brennen auf ihren Nasenschleimhäuten. Das Brennen breitet sich warm, in einem Stoß in ihrem ganzen Körper aus. Sie reißt ihre Augen weit auf. Plötzlich ist sie wieder hell wach.

Valentin zieht sie an sich heran und steckt ihr seine Zunge tief in ihren Mund. Sie küssen sich stürmisch und wild. Dann will Jacky wieder raus. Raus auf die Tanzfläche.

Den letzten Nachtexpress am Hauptbahnhof hat Jacky knapp verpasst. Sie muss zwanzig Minuten warten auf den Bus der Linie 170 nach Schonnebeck. Bei McDonalds bekommt sie noch einen Cheeseburger. Sie steht im Regen, in der linken Hand den Burger, in der rechten Hand eine Kippe.

Sie friert, langsam kommt die Müdigkeit wieder. Zitternd schaut sie auf ihr iPhone. Einmal Instagram und einmal Facebook checken. Dann kommt der Bus.

Fast schläft Jacky im Bus ein. Aber sie muss jetzt durchhalten. Ein langer Tag liegt vor ihr. Sie zählt die noch folgenden Haltestellen. Ein paar betrunkene Jungs steigen noch ein, reißen ein paar Sprüche im Vorbeigehen, die Jacky nicht wirklich hört und ignoriert.

Endlich Haltestelle Zeche Bonifatius. Sie springt lustlos aus dem Bus und läuft ein paar hundert Meter zum alten Zechenhaus ihrer Eltern.

Sie wühlt in ihrer Michael Kors Tasche um ihren Schlüssel zu finden. Ihr Vater ist schneller und reißt die Tür auf.

„Meinst du es ist Sinnvoll die Nacht durchzufeiern bevor du zur Arbeit musst?"

„Meine Fresse, nicht mal um 6.30 Uhr morgens hat man seine Ruhe.", nörgelt Jacky und geht an ihrem Vater vorbei, auf direktem Weg in die Küche, im Vorbeigehen einen Becher Kaffee mitnehmen, dann ab ins Bad.

Sie wirft ihre Klamotten ab und stellt sich unter die Dusche. Der kalte Strahl trifft sie direkt ins Gesicht. Jacky hat keine Zeit zum Haare waschen. Kurz noch Zähne putzen. Etwas Make-up und Haare hochstecken muss reichen. Sie zieht frische Unterwäsche an und die Jeans von letzter Nacht. Ein schlichtes weißes T-Shirt, anstelle des Crop Top. Ohne Socken zieht sie ihre schwarzen New Balance über, nimmt wieder ihre Handtasche und rennt aus dem Haus.

Jacky wird zu spät bei der Arbeit sein. Keine Chance in fünfzehn Minuten nach Essen Werden zu kommen.

Der nächste Bus zum Hauptbahnhof kommt in fünf Minuten. Und dann weiter mit der S6 zum Werden Bahnhof.

Kurz überlegt sie, die Station in Haus Susanne anzurufen. Wirft dann aber ihr Handy wieder in die Tasche. Die ersten Pfleger der Frühschicht kommen um 8.00 Uhr. Es bemerkt also niemanden ob die Kleine vom Bundesfreiwilligendienst pünktlich ist oder nicht.

Haus Susanne

Haus Susanne ist eine Gerontopsychiatrie. Die Bewohner sind überwiegen ältere Menschen, die auf Grund von Demenz oder Schizophrenie nicht mehr in einem offenen Altenheim leben können. Das Haus Susanne ist eine geschlossene Psychiatrie. Die Bewohner sind nicht im Sinne einer Therapie dort. Letztlich sind sie so erkrankt, dass die meisten Patienten es nicht lebend verlassen. Es ist also viel mehr ein Hospiz.

Die Gänge, des viergeschossigen Gründerzeithaus sind weiß gestrichen, mit einer hüfthohen Holzumrandung. Die Holzumrandung dient als Rammschutz für Krankenbetten, die in der täglichen Hektik durch die Flure geschoben werden. An den schlichten Wänden hängen noch schlichtere Bilder. Verblichene Landschaftsmalerei.

Jacky ist auf der Vier. Abteilung Vier. Die Abteilungen sind einfach nach den Etagen nummeriert. Sie geht den Gang entlang, vorbei an den Türen. Hinter manchen Türen ist es still, hinter anderen Türen scheint leben zu sein. Dumpf und unheimlich. Vor einer Tür auf der linken Seite bildet sich eine Menschentraube. Eher eine Ansammlung von älteren verzweifelten Menschen, die scheinbar nur darauf warten, dass die Tür sich öffnet. Hinter der Tür ist die Küche. Aber die Bewohner warten nicht auf das Frühstück.

Oh Scheiße, denkt Jacky. Sie drängelt sich durch die Bewohner.

„Schwester Jacqueline!", sagt Frau Schmitz mit verzehrtem Gesicht und reißt dabei am Jackys T-Shirt. Jacky reagiert nicht, zieht nur ihre Schulter nach vorn und reißt sich los. Mit einem Schlüssel stößt sie die Tür auf, zwängt sich durch einen Spalt, drückt dann die Tür wieder zu. Im Augenwinkel achtet sie noch drauf keine Hand einzuklemmen. Dann lässt sie sich mit dem Rücken gegen die Tür fallen. Ihr Jutebeutel fällt wie ein nasser Sack auf den Boden und sie pustet die letzte Luft aus ihren Lungen.

„Fütterung! Guten Morgen Jacqueline! Auch schon da!?", röchelt Marta Jacky entgegen.

Jacky erwidert nur ein teilnahmsloses: „hm".

Marta und Theresa sortieren Zigaretten und Zigarillos. Alle in einzelne Schubkästen. Vorbereitung für den ganzen Tag. Jeder Bewohner erhält pro Stunde eine Dosis Nikotin, so lang es sein Taschengeld erlaubt. Und einmal pro Stunde bilden sich Menschentrauben vor der Küchentür. Egal an welchen Krankheiten die Bewohner leiden. Ob Alzheimer, Demenz oder Korsakow, aber jede Stunde wissen die Bewohner wo es ihre Kippen gibt. Jacky darf Kippen verteilen.

Nachdem der Ansturm vorbei ist, ist Ruhe. Die Pflegerinnen haben Zeit sich um die Bewohner zu kümmern, die nicht mehr alleine das Zimmer verlassen können. Die Bettlägerigen, die auf dem Zimmer gefüttert werden müssen und die, die mit einem Rollstuhl zum Frühstück in die Küche gebracht werden müssen.

Nach und nach kommen die Raucher zurück in die Küche. Jacky wundert sich noch immer warum die Stühle mit grünem Cord bezogen sind. Auf Grund der Inkontinenz der Bewohner, wäre ein Kunstlederbezug von Vorteil. Jacky ist es aber andererseits gleichgültig. Es ist schließlich auch nur ein Putzlappen vorhanden, um Urin vom Boden aufzuwischen, Erbrochenes vom

Tisch zu putzen oder die Einbauküche zu reinigen.

Jacky platziert die Bewohner an den Tisch mit der abwaschbaren Wachsdecke mit Blümchenmuster. Es gibt eine ungeschriebene feste Sitzordnung. Manche Bewohner dürfen nicht nebeneinandergesetzt werden.

Frau Michalsky sabbert. Ihr läuft der Speichel einfach aus dem Mund. Sie lehnt sich nach links und rechts, der Speichel tropft auf jeden Sitznachbarn.

Herr Dreier reagiert auf jede körperliche Nähe aggressiv. Ohne Ankündigung schlägt er um sich. Man kann ihn nicht neben Frau Michalsky setzen, aber auch nicht neben Frau Meier. Herr Dreier neigt dazu sich alles in seinen Mund zu stopfen. Er greift einfach zu.

Frau Meier muss am Ende des Tisches sitzen. Etwas abseits von den anderen. Sie klaut gerne von den Tellern der anderen, sie hat eine Art Futterneid. Sie kratzt und beißt, wenn sie sich benachteiligt fühlt.

Herr Kaski darf weder bei Frau Michalsky, noch bei Herrn Dreier sitzen. Er bekommt Panik bei Aggressivität und uriniert. Bei Kontakt mit Körperflüssigkeiten wie Speichel, kann er sich nicht mehr auf sein Essen konzentrieren, sondern nur noch auf seine Geschlechtsteile.

Zwischen diesen Bewohnern werden die platziert, die entweder noch selbständig und ohne Ausfälle essen können. Oder die Bewohner im Rollstuhl, die gefüttert werden müssen.

Jacky bedient ihre Gäste. Sie macht Brote nach den ihr bekannten Vorlieben von Bewohnern und füttert einige von ihnen. Marta und Theresa kümmern sich um die bettlägerigen Bewohner.

Das Frühstück ist schnell vorbei. Die Bewohner gehen wieder in ihre Zimmer. Manche warten direkt vor der Küche um ihre nächste Zigarette zu erhalten. Jacky räumt die Küche auf, stellt das Geschirr in die Spülmaschine.

Frau Dreier kommt in die Küche. Die Frau von Herrn Dreier. Sie ist keine Bewohnerin. Sie besucht täglich ihren Mann.

Jacky dreht sich um und verdreht genervt die Augen. Wieder einmal hat sie die Spülmaschine umsonst eingeräumt. Frau Dreier geht wortlos zur Spülmaschine, räumt diese wieder aus, um diese dann neu wieder einzuräumen.

„Irgendwann bleibt die auch über Nacht.", spricht Jacky leise vor sich her.

Sie wischt mit dem Lappen über die Küchenzeile. Gern hätte sie in der Küche in Ruhe eine geraucht. Jetzt muss sie im Regen in den Hof gehen, bevor sie mit den Bewohnern *Mensch ärgere dich nicht* spielt.

Die Bewohner für Spiele zu motivieren ist eine große Herausforderung. Entweder sie gehen nach dem Rauchen wieder ins Bett, oder lassen sich im Gemeinschaftsraum vor dem Fernseher nieder und lassen sich teilnahmslos berieseln.

Jacky geht ins Zimmer von Herrn Dreier. Er lässt sich in der Regel leicht überreden. Auch wenn er mit seinen zitternden Händen gerne mal auf Jackys Hintern haut. Die an Demenz erkrankten Bewohner haben fast alle ihre geistigen Fähigkeiten verloren, nur ihr Sexualtrieb bleibt nahezu unberührt, wird sogar oft noch gesteigert.

Herr Dreier steht mitten im Zimmer und Jacky sieht sofort was passiert ist. Er sieht sie mit ausdrucklosem Gesicht an. Seine Jogginghose hängt in den Kniekehlen. Die bräunliche Masse läuft zähflüssig an seinen dünnen Beinen entlang. Herr Dreier hat sich vor Jackys Augen im Stehen eingekotet.

Es überrascht Jacky nicht. Sie sagt nur: „Ach, Herr Dreier".

Dann dreht sie sich um, geht wieder raus um einen Pfleger zu holen der, ihr bei der Sauerei behilflich ist. Es ist eigentlich nicht ihre Aufgabe als Bundesfreiwillige diese Pflegeaufgaben zu übernehmen. Auf Grund des Personalmangels hat sie jedoch keine Wahl.

Frau Dreier ist zum Glück noch mit der Spülmaschine in der Küche beschäftigt und muss ihren Mann so nicht sehen. Jacky kommt zurück mit Jesus einem Pfleger. Herr Dreier steht noch immer an derselben Stelle. Jacky zieht sich Einmalhandschuhe an, kniet sich vor Herrn Dreier und zieht ihm Bein für Bein die Hose aus. Die Reinigung des Intimbereichs übernimmt Jesus. Herr Dreier geniest und schnurrt wie eine Katze die gekrault wird.

Beim Aufwischen der Sauerei vom Boden wird Jacky übel. Der faule Gestank von Kot und Urin vermischt sich mit ihrem Hang-over.

Zum Glück ist es erst mal ihr letzter Tag hier. Danach zwei Wochen Urlaub. Kein richtiger Urlaub. Jacky wird Fleur begleiten. Fleur ist die mit Abstand jüngste Bewohnerin. Sie ist achtundzwanzig Jahre alt. Ihre Eltern werden sie wieder in Obhut nehmen und Jacky wird sie für die ersten zwei Wochen dabei unterstützen.

Jacky ist die einzige im Haus Susanne, die gut mit Fleur klarkommt. Sie haben einen Draht zueinander, vielleicht, weil Jacky Fleurs Gefühle nur zu gut nachempfinden kann.

Das *Mensch ärgere dich nicht* Spiel fällt auf Grund von Herrn Dreier heute aus und Jacky muss Fleur auf die Fahrt zu ihren Eltern vorbereiten.

Fleur

Jacky hat sich, bevor sie zu Fleur geht, ihre Hände und Arme gewaschen und desinfiziert. Trotz der Einmalhandschuhe kann sie noch immer den Geruch von Herrn Dreier riechen.

Sie klopft an die Tür von Fleur und tritt ohne auf eine Reaktion zu warten ein. Fleur antwortet in der Regel nie und spricht generell wenig.

„Guten Morgen Fleur!", ruft Jacky Fleur entgegen.

Fleur starrt wie weggetreten an die Decke. Jacky geht ans Fenster, öffnet die Vorhänge und die Sonne fällt in das karge Zimmer.

Mit der Bettdecke bis unter das Kinn gezogen liegt Fleur in ihrem Bett. Ihre dunklen Harre sind zu einem dünnen Pferdeschwanz nach hinten gebunden, wodurch ihr ohnehin schon schlankes Gesicht noch schmaler scheint.

Jacky richtet Fleur auf und zieht die Bettdecke etwas herunter, so dass die knochigen Schultern zum Vorschein kommen. Auf Grund ihrer jahrelangen Anorexie und der Mangelernährung, durch den Alkoholmissbrauch, ist Fleur deutlich unterernährt. Sie ist sehnig und knochig. Es gibt kein Gramm Fett an ihrem Körper. Dennoch kann sie, wenn sie will noch enorme Kraft aufbringen. Besonders wenn sie den Drang verspürt sich selbst zu verletzen, was die zahlreichen Narben an ihren Armen belegen.

Jacky zieht das Morphinpflaster an Fleurs Schulter ab und klebt ein neues auf. Dann gibt sie ihr die Medikamente, auf die Fleur eingestellt ist. Ein Cocktail aus Neuroleptika, Antidepressiva. Fleur ist mittlerweile so gut eingestellt, dass sie nicht mehr von Suizidgedanken spricht und sich auch nicht mehr selbst verletzt. Abgesehen von gelegentlichen Panikattacken und Jähzorn. Das Morphin macht sie deutlich ruhiger und nicht mehr so nervös. Die Dosis ist so hoch, dass ein Mensch der nicht daran gewöhnt ist sofort in Tiefschlaf fallen würde.

Fleur hat mit ihren achtundzwanzig Jahren schon ein bewegtes Leben hinter sich. Nachdem was vor fünfzehn Jahren passierte, ging es jedoch nur noch bergab. Ihr Alkoholkonsum steigerte sich so drastisch, dass sie bereits mit sechzehn

Jahren von ihren Eltern in eine Entziehungsklinik eingewiesen wurde. Ohne Erfolg. Trotz des exzessiven Alkoholismus schaffte sie ihr Abitur und begann ein Modedesignstudium. Nach dem dritten Semester musste sie aufgeben. Der Alkohol und die Magersucht bestimmten ihr Leben. Es folgten weitere Klinikaufenthalte und immer wieder Rückfälle. Fleurs Eltern mussten hilflos mit ansehen, wie sich ihre Tochter langsam selbst zerstört. Die Jahre haben ihre Spuren bei Fleur hinterlassen. Neben den physischen, wie Fettleber und Unterernährung, kamen mit der Zeit auch die neurologischen dazu. Durch die Mangelernährung und den Alkohol hatte Fleur einen Vitamin B1 Mangel, der dazu führte, dass vor einem Jahr das Korsakow Syndrom bei ihr festgestellt wurde. Eine Schädigung der Hirnstruktur, ähnlich wie bei Demenzkranken. Auf Grund dieser Diagnose wurde Fleur auch als jüngste Bewohnerin in eine Gerontopsychiatrie eingewiesen.

„Wollen wir dich frisch machen?", fragt Jacky, „deine Eltern kommen gleich und dann machen wir beide erst mal Urlaub von hier.".

Fleur nickt, steht auf und geht in das kleine angrenzende Badezimmer. Jacky geht hinter ihr. Fleur ist durchaus in der Lage sich alleine fertig zu machen. Jacky ist lediglich dabei, damit nichts schiefgeht.

Und prompt läuft etwas schief. Fleur rutscht auf dem nassen Badezimmerboden aus, taumelt, fängt sich aber wieder und stützt sich kurz am abgehängten Badezimmerspiegel ab. Dabei zieht sie das hinter dem Spiegel eingeklemmte Handtuch ab, was auf das Waschbecken rutscht.

„Oh fuck!", ruft Jacky.

Zu spät, sie kann es nicht mehr auffangen. Und im selben Augenblick in dem Fleur in den Spiegel schaut und ihr Spiegelblick erblickt fängt sie an zu schreien: „Hure, Fotze, Schlampe, du erbärmliches Miststück! Ahhhh!".

Sie fuchtelt hysterisch mit den Händen und klatscht sich dabei in ihr eigenes Gesicht. Dann ballt sie ihre Hand zur Faust, die auf den Spiegel zu schnellt. Jacky wirft sich mit voller Wucht dazwischen, reißt Fleurs Faust runter. Beide verlieren den Halt und prallen hart auf dem Fliesenboden auf. Fleur strampelt und schreit wie ein Kleinkind. Jacky legt sich mit ihrem gesamten Gewicht und Kraft auf sie. Hält beide Arme fest. Versucht sie ruhig zu halten und dabei muss sie aufpassen, dass Fleur ihr nicht ins Gesicht beißt. Auf den Notfallknopf kann sie nicht drücken. Er ist zu weit weg. Außerdem würden der Urlaub und die Entlassung von Fleur nach diesem Zwischenfall sofort gestrichen.

Jacky redet auf Fleur ein: „Ganz ruhig, alles wird gut, ich bin doch bei dir Fleur. Sie mich an. Ich bin da. Ganz ruhig.".

Fleurs Kraft lässt nach und Jackys Worte zeigen langsam Wirkung. Sie beruhigt sich und kauert sich wie ein Embryo zusammen. Jacky kann sie nun einfach wie ein verletztes Kind in den Arm nehmen und trösten.

Vorsichtig steht Jacky auf, wirft das Handtuch über den Spiegel und fixiert es wieder dahinter. Jacky atmet tief ein und pustet die Luft wieder aus.

„Du kannst wieder aufstehen Fleur. Alles in Ordnung. Du kannst dich jetzt fertigmachen."

Fleur liegt noch auf dem Boden.

„Schhh!", flüstert sie und legt dabei den Zeigefinger auf den Mund, „Schhhh! Stille, Stille, spürst du das Gefühl der Stille? Fühlst du das Gefühl der Stille Jacky?".

Richard

Der 14. Oktober 2000 sollte so manches Leben drastisch verändern. Richard kam aus seinem Kunst- und Antiquitätenhandel in Düsseldorf nach Hause. Er öffnete den begehbaren Safe, der hinter einer Einbauvitrine im Esszimmer versteckt war. Der massive Tresor mit Stehhöhe, muss bereits bei der Erbauung der Gründerzeit Villa im Jahr 1918, mit einem Kran in den Rohbau eingebaut worden sein.

Richard legte die beiden eingerollten Bilder in ein Fach des Safes, überlegte einen Moment, nahm dann wieder eine Rolle heraus, drehte das Gummiband ab und entrollte das Leinentuch. Ein seichtes Lächeln huschte über sein Gesicht als er den Monet betrachtete. Dann rollte er das Gemälde wieder ein, legte es zurück und lies die schwere Stahltür in Schloss fallen. Nach dem er den Safe wieder hinter der Einbauvitrine versteckt hatte, ging er zu seiner Frau in die Küche und goss sich einen Scotch ein.

Valerie von Gehlen schaute ihren Mann an, sie war gerade mit den Vorbereitungen für eine kleine Party beschäftigt.

„Hat alles geklappt?", fragte sie Richard.

„Ja", antwortete Richard und blickte auf seinen Scotch, „es wurden alle Verhaftet. Die ganze Russensippe. Der Staatsanwalt meinte, ich muss wegen meiner Selbstanzeige mit einer fünfstelligen Geldstrafe rechnen. Das war es. Die Russen wandern für fünf bis Zehn Jahre ein. Insgesamt wurden acht von den gestohlenen Bildern sichergestellt. Zwei sind jedoch nicht mehr auffindbar."

Richard von Gehlen lachte und schaute seine Frau an.

„Gut", erwiderte Valerie und widmete sich wieder ihren Party Vorbereitungen, „ich hoffe nur das hat nur alles ein Ende und wir und die Kinder haben endlich Ruhe vor den Russen.".

„Die sehen wir nie wieder.", Richard schluckt seinen Scotch.

Seit Anfang der neunziger Jahre hatte Richard Geschäfte mit der russischen Kunstmafia gemacht. Zunehmend geriet er jedoch zwischen die Fronten von Mafia und Ermittlungen der Polizei. Seine letzte Möglichkeit war eine Selbstanzeige und ein Tipp an die Polizei, der zu einer Razzia bei einem Deal mit den Russen führte.

Auf die Party hatte Richard keine Lust, lieber wollte er wie jeden Abend alleine ein paar Scotch oder Rotwein trinken und einfach seine Ruhe haben. Aber da Sie schon so häufig bei der Bredeneyer Nachbarschaft eingeladen waren, mussten sie sich auf Drängen revanchieren.

Die Gäste waren eine kleine Runde von Bredeneyern und ein paar Bekannten aus Düsseldorf. Rechtsanwälte, Manager und einige zwielichtige Gestalten, von denen niemand genau sagen konnte wie sie ihr Geld verdienten. Es gab ein paar Snacks geliefert vom Sheraton Hotel und jede Menge Dom Perignon.

Oscar

Fleur und Oscar, die beiden Kinder von Valerie und Richard, durften auch etwas mitfeiern. Heimlich klauten sie sich eine Flasche Champagner und chillten sich damit in den Garten. war fünfzehn Jahre und Fleur dreizehn Jahre alt.

Gegen zwei Uhr wurde die Gästerunde kleiner und Fleur gingen in ihre Zimmer. Die Zimmer der Beiden lagen in der ersten Etage der Villa. gab seiner Schwester noch Ohrstöpsel unter dem Vorwand der noch laufenden Party. Aber er wusste den wahren Grund. Er wusste was heute Nacht noch passieren würde. Er wollte nicht, dass seine kleine Schwester das miterleben musste, was er jede Nacht hörte und mitbekam. Fleur war an diesem Tag erst aus dem Internat gekommen, weil die Sommerferien begannen. Sie hatte Ruhe vor dem was, beinahe täglich in den vergangenen

Monaten, erlebt hatte. Oscar hoffte die Ohrstöpsel und der Champagner hätten Fleur eine ruhige Nacht geschenkt.

legte sich ein sein Bett. Er nahm sein Handy und schrieb seiner Freundin noch eine sms, dass die Party nun vorbei ist, er schlafen gehen würde und er sich auf morgen freue und er sie wiedersähe.

Schlafen dachte er, schnell schlafen. Er betete, dass er schnell einschlafen konnte. Die Stimmen aus dem Erdgeschoss verstummten langsam. Doch diese Ruhe lies nur noch unruhiger werden. Er drückte seinen Kopf ins Kissen und steckte die Finger in die Ohren, um nichts hören zu müssen.

Eine gefühlte Ewigkeit lag er da so, schlaflos. Bis das passierte wovor er so Angst hatte. Ein Klirren. Irgendwas war wieder zerbrochen. Dann einen kurzen Augenblick Ruhe. steckte die Finger noch tiefer in die Ohren. Dann wieder klirren. Das Geräusch von zerbrechendem Glas. Das Geräusch schallte durch die ganze Villa. Die Ohren zuzuhalten brachte nichts mehr. merkte, dass der Alkohol eine andere unerwünschte Wirkung zeigte. Er musste pinkeln. Der Druck wurde immer größer. Aber die Angst nach unten auf die Toilette zu gehen war noch größer. Es half nichts. richtete sich auf, von dem Klirren ganz benommen, kniete sich in die hintere Ecke des

Bettes, zog seine Boxershorts runter und ließ es einfach in die Ecke laufen. Der Druck ließ nach und gleichzeitig schämte er sich für das was er getan hatte.

Er hatte jedoch keine Zeit weiter darüber nachzudenken. Zu den Geräuschen des brechenden Glas kamen nun noch die schreie seiner Mutter. „Hör auf, hör bitte auf!“, flehte sie.

konnte es nicht mehr ertragen, es machte keinen Sinn mehr sich länger im Bett zu verkriechen. Er musste runter, musste wissen was los ist, musste seiner Mutter helfen.

Er schlich vorsichtig die breite Treppe hinunter in die Empfangshalle, immer dem Lärm nach, der aus dem großen Badezimmer im Erdgeschoss kam. Die Tür zum Badezimmer am Ende des Flurs stand offen.

Richard stand mit einem Hammer in der Hand vor der Sonnenbank und schlug auf die Leuchtstoffröhren ein, die mit einem ohrenbetäubenden Lärm in tausende Splitter zersprangen.

„Komm ins Bett du Schlampe!“, schrie Oscars Vater Valerie an. Dann packte er ihren Arm und riss ihr mit aller Kraft den Ehering vom Finger und warf ihn aus dem geöffnete Fenster. Sein eigener flog sofort hinterher.

Oscar stand fassungslos da. Er hatte seinen Vater in den letzten Monaten schon oft betrunken und aggressiv erlebt. Aber so brutal noch nie. Es tat ihm weh die Eheringe seiner Eltern aus dem Fenster fliegen zu sehen.

„Hör auf Papa, hör auf!", sagte er leise und wartete auf eine Reaktion von seinem Vater.

„In dein Zimmer, sofort!", war seine Reaktion und eine leicht taumelnde Drehung, bei der seine Hand durch die Luft flog und Valerie klatschend im Gesicht traf.

„Ich schlage alles kurz und klein! Alles du elendige Hure und komm endlich wieder ins Bett!", schrie Richard mit blutrotem Kopf.

Dann lief er aus wankend aus dem Badezimmer, vorbei an, der einfach einen Schritt zur Seite trat, damit er nicht umgerannt wurde.

„Geh wieder ins Bett.", sagte Valerie zu ihrem Sohn mit verweinten Augen.

„Und dann?", fragte hilflos. Sollte er einfach hochgehen und hier unten ginge es so weiter.

„Er beruhigt sich wieder.", antwortete Valerie und nickte ihm zu.

Oscar war erschöpft und wollte fast nachgeben und wieder nach oben gehen. Als wieder Geräusche aus der Küche kamen.

Richard hatte sich ein Glas Wein geext und dann mit dem Stuhl den Kronleuchter über dem Esstisch zertrümmert. Wie ein Wahnsinniger schrie Richard: „Geh ins Bett du Hure! Ich schlag alles kurz und klein! Ich fackle die ganze Hütte ab!".

Oscar lief wie ferngesteuert in das mittlere der drei Wohnzimmer. Blieb an der abgrenzenden Schiebetür stehen und sah seinen Vater.

Schwankend und taumelnd versuchte Richard den riesigen Orientteppich umzuschlagen, um danach geknülltes Zeitungspapier darunter auf das Parkett zu werfen. Es dauerte einige Versuche, bis Richard es schaffte das Papier mit einem Feuerzeug zu entzünden.

„Ich zünde die Hütte an!", schrie er weiter zu Valerie, die aus dem Badezimmer langsam hinterherkam.

Oscar sprang neben seinen Vater und trat mit nackten Füßen auf das brennende Papier. Sein Vater taumelte wieder zurück in die Küche. Holte sich noch ein Glas Wein. Er schaffte es schnell die brennende Zeitung auszutreten, ohne dass das Feuer auf den Teppich oder das Parkett übergreifen konnte.

Richard kam aus der Küche zurück, mit einem neuen Glas Wein in der Hand. Lief durch die Wohnräume zurück Richtung Schlafzimmer.

Wie gerne hätte sein Vater in diesem Moment mit einer Weinflasche erschlagen. Traute sich in diesem Moment jedoch nicht. Er glaubte nicht er habe die Kraft dazu gehabt, fest genug zu zuschlagen.

Oscar wurde wieder von den Schreien seines Vaters aus den Gedanken gerissen. „Komm ins Bett du Schlampe!".

Er greift die Hand seiner Mutter und sagte: „Komm! Komm schnell!".

Seine Mutter ließ sich widerstandslos mitziehen. „Wohin?", fragte sie lediglich.

Die Beiden liefen durch die Eingangshalle, durch den alten Personaleingang, dann die Kellertreppe hinunter. Oscar wusste genau wo er hinlief. Er brauchte einen Ort wo sein betrunkener Vater sie niemals gefunden hätte. Er schleifte seine Mutter durch die langen dunklen Kellergänge, bis zum alten Heizungskeller. Der Raum war versteckt genug und die große Ölheizung strahlte genug Wärme aus um die Nacht darin verbringen zu können.

„Was ist mit Fleur?", fragte Oscar seine Mutter, „soll ich sie holen?".

„Nein, lass sie in Ruhe schlafen. Dein Vater wird sicher auch gleich schlafen.".

„Ich habe Angst um sie!"

„Er schläft gleich! Glaub mir!"

„Sie soll nichts davon merken. Bitte Mama! Lass uns morgen ausziehen! Fleur darf nicht das erleben was wir hier erleben! Bitte!"

„Ja. Wir werden morgen gehen. Für eine Weile."

„Für eine Weile? Für immer!"

„Wir werden sehen. Dein Vater ist kein schlechter Mensch. Aber wir werden für eine Weile gehen."

Urlaub

Valerie von Gehlen negrüßt Jacky: „Guten Tag Jacky, wir freuen uns wirklich sehr, dass sie uns begleiten wollen die nächsten zwei Wochen. Das ist uns allen eine große Hilfe.".

„Hallo Frau von Gehlen, kein Problem. Mache ich gern. Mein Freund Valentin darf mich ja dort auch besuchen. Er ist übrigens ein super Koch und würde gern was zu essen für uns alle machen.", antwortet Jacky.

„Gerne. Wie geht es Fleur. Ist sie soweit fertig?", erkundigt sich Valerie nach ihrer Tochter.

„Einen kleinen Moment ich schau mal nach."

Jacky geht vom Besucherzimmer zu Fleurs Zimmer. Klopft an und tritt ein.

„Oh sorry, ich komm gleich wieder.", sagt Jacky und macht im selben Moment wiederkehrt. Nimmt noch schnell die vorbereiteten Reisetaschen und schließt die Tür hinter sich.

Fleur hatte masturbiert, keine besondere Überraschung für Jacky. Sie geht wieder zurück zu Valerie.

„Sie ist gleich soweit Frau von Gehlen, wir können ja schon mal das Gepäck zum Wagen bringen!?"

Jacky schiebt die Reisetaschen von Fleur auf einem Kofferwagen zum Aufzug. Ihr eigenes Gepäck wird Valentin ihr mitbringen, wenn er am Abend zum Essen kommt.

Vor der Tür von Haus Susanne parkt ein schwarzer Range Rover Vogue. Richard von Gehlen öffnet die Fahrertür und steigt auf den Gehweg. Ein eleganter Mann mit zurück gelegten Haaren. Jacky schätzt ihn auf Ende sechzig Anfang siebzig.

Er geht auf Jacky zu und begrüßt sie mit einem festen Händedruck.

„Kommen sie, ich nehme ihnen das ab."

Er nimmt die Reisetaschen vom Rollwagen, öffnet die Heckklappen des Wagens und legt die Taschen hinein.

„Braucht meine Tochter noch länger? Ich warte so lang im Wagen."

„Fünf Minuten. Wir kommen gleich runter. Denken sie bitte daran den Rückspiegel abzukleben, Herr von Gehlen?"

Richard von Gehlen steigt wieder in den Wagen, greift ins Handschuhfach und klebt mit schwarzem Klebeband den Rückspiegel ab.

Jacky begleitet Fleur ins Besucherzimmer zu ihrer Mutter. Valerie springt auf und schließt ihre Tochter in die Arme. Fleur erwidert die Umarmung nicht. Sie sagt nur: „Hallo Mama."

„Komm Schatz, wir fahren nach Hause." Flüstert Valerie Fleur ins Ohr. „Jacky, könnten sie Fleur zum Wagen bringen? Ich muss noch kurz mit der Wohnbereichsleitung sprechen. Haben sie auch alle Medikamente dabei?"

„Ja, ich habe für zwei Wochen alle Medikamente dabei und eine Überweisung zum Weiterbehandelnden Arzt."

Jacky nimmt Fleur am Arm und begleitet sie raus, während Valerie noch das Abschlussgespräch bei der Wohnbereichsleitung aufsucht.

Am Auto angekommen, steigt Richard wieder aus und begrüßt seine Tochter mit einer flüchtigen Umarmung.

„Hallo mein Schatz, geht's dir gut? Gleich geht's nach Hause."

Fleur dreht sich um, öffnet die hintere Tür des Range Rovers, steigt auf die mit cognacfarbenem Leder bezogene Rückbank des Wagens und schnallt sich den Sicherheitsgurt um. Jacky geht um den Wagen und setzt sich neben Fleur.

Valerie kommt mit einigen Unterlagen aus Haus Susanne und kommt zum Wagen. Sie steigt wortlos hinzu. Keiner sagt ein Wort. Richard startet den Motor und der V8 unterbricht die Stille.

Fleur lehnt den Kopf gegen das Seitenfenster und Summt leise zum brummen des Motors.

Jacky steckt sich die Kopfhörer ihres iPhone in die Ohren.

Das Navi zeigt einhundert neunzig Kilometer bis Offelten an.

Valentin

Für das Abendessen hat Valentin alle seine Einkäufe erledigt und ist in Vorfreude auf den geplanten Abend mit Jacky und Familie von Gehlen. Für den Ausflug aufs Land will er ein typisch bäuerliches und deftiges Gericht zubereiten, was besonders gut zu seinem frischen Fleisch passt.

Er öffnet die Kofferraumklappe seines 1979er Porsche 911. In den dem flachen Kofferraum liegt eine Kühltasche in der sich das Fleisch befindet. Er legt den Jutebeutel mit den weiteren Zutaten dazu: geräucherte Bauernwürstchen, Schweineschmalz, Knoblauch, weiße Bohnen, Suppengrün, Tomatenmark, Thymian, Rosmarin, Majoran und Paprika.

Auf dem Beifahrersitz liegt Jackys Reisetasche und auf den Rücksitzen eine Sporttasche mit Utensilien die Valentin für sein Vorhaben benötigt. Das Vorhaben, das er seit seiner Entlassung vor sieben Jahren in seinem Kopf hat.

Der Porsche fährt die Auffahrt zum Anwesen von Familie von Gehlen hinauf und wirbelt dabei eine Staubwolke auf. Valentin parkt den Wagen hinter einer Scheune, so dass er nicht unmittelbar von der Straße sichtbar ist. Direkt vor dem mächtigen Deelentor des großen Fachwerkhofs steht der schwarze Range Rover von Richard von Gehlen.

Rechts neben dem Tor hängt eine schwere Messingglocke. Eine moderne Klingelanlage mit Videoüberwachung sucht Valentin vergeblich. Richard von Gehlen hat den Hof komplett nach Denkmalrichtlinie restauriert und dabei auf jeglichen technischen Schnickschnack bewusst verzichtet. Ein Paradies für Einbrecher denkt sich Valentin und schmunzelt, aber warum auch einbrechen, wenn man sich einfach zum Essen einladen kann. Er läutet die Glocke.

Der Hof

Richard von Gehlen schiebt die Eisenriegel zur Seite und öffnet die obere Klappe des schweren Deelentores.

„Sie müssen Valentin sein! Kommen sie rein!" Begrüßt Richard Valentin.

Er öffnet die untere Klappe, so dass Valentin in die große Deele eintreten kann.

„Guten Abend Herr von Gehlen, schön sie kennenzulernen."

„Kommen sie, ich zeige ihnen den Hof. Die Frauen machen sich gerade noch frisch von der langen Fahrt." Richard lacht.

„Ich möchte nur die Einkäufe in einen Kühlschrank legen, dann bin ich sehr gespannt ihren Hof zu sehen."

Valentin verstaut die Einkäufe in der großzügigen Küche und dem angrenzendem Hauswirtschaftsraum. Die Küche ist rustikal und bäuerlich, trotzdem erinnert sie an die Wirtschaftsräume eines französischen Schlosses. Es fehlen nur die Hausdame und die Bediensteten.

Richard und Valentin gehen zusammen durch die Eingangshalle, die Deele und das Flett voneinander abgrenzt. In der Halle hängt ein großer französischer Kronleuchter, der die Jagdtrophäen die an den Wänden hängen unheimlich lebendig werden lässt.

Sie gehen weiter durch eine Doppelflügeltür ins Flett, der größte Wohnraum des Hofes. In einem deckenhohen Kamin prasselt ein mächtiges Feuer. An den Fachwerkwänden stehen Eichentruhen und Schränke aus dem siebzehnten und achtzehnten Jahrhundert. Valentin fühlt sich wie auf einer Zeitreise, wobei die Einrichtung nicht museal wirkt, nur authentisch. Valentin ist die Bauweise dieser Höfe durchaus bekannt, sie wurden alle nach ähnlichem Schema gebaut. Hinter dem Flett befinden sich das Kammerfach, mehrere kleinere Wohn- und Schlafkammern. Links neben dem Kamin im Flett, hinter einer Kassettentür befindet sich eine Treppe, im Obergeschoss, der ehemaligen Kornkammer, sind weitere Schlafräume eingerichtet. Wenn man die Treppe jedoch an einen Seilzug nach oben zieht gelangt man in den Keller unter dem Kammerfach.

Durch die massive Eichendecke, mit Balken so dick wie ganze Baumstämme, wirkt alles sehr düster und erdrückend, trotz der großen Räume und vier Meter hohen Decken. Alles nur erleuchtet durch das Flackern des Kamins und die Abendsonne, die durch das große Sprossenfenster hereinfällt.

Richard gehört nicht zu den großen Rednern. Er zeigt Valentin den Hof nicht um zu protzen, wohl eher um die Zeit zu überbrücken bis die Frauen fertig sind.

Valentin wirft einen flüchtigen Blick in den Bauerngarten, mit den gepflegten Buchsbaumhecken, den blühenden Rosen, Hortensien und Rhododendren. Alles in dunkel grün, hell grün, weiß und zart rosa.

„Ihre Frau muss Blumen lieben." Merkt Valentin anerkennend an.

„Ja, deshalb heißt unsere Tochter auch Fleur." Antwortet Richard, ohne Interesse weiter darauf eingehen zu wollen.

„Sie fahren einen Elfer?" Sagt er weiter, als ob er das Thema wieder wechseln wollte.

„Ja, einen 79er. Das haben sie bemerkt?"

„Nicht bemerkt, gehört!" Antwortet Richard und lacht. „Sie interessieren sich für alte Autos?"

„Ja leidenschaftlich." Antwortet Valentin, wobei er sich eigentlich mehr für etwas Anderes interessiert. Aber das konnte er zwischen den ganzen Antiquitäten und der Kunst noch nicht entdecken.

„Kommen sie, ich zeige ihnen meine kleine Garage." Sagt Richard und dreht sich um.

Richard schließt das Vorhängeschloss auf und schiebt das Tor der Remise auf. Mit der linken Hand sucht er den Lichtschalter. Nach und nach springen die großen Deckenstrahler an und leuchten die Wagenremise aus.

Unter anderen Umständen wäre Valentin wirklich positiv überrascht gewesen, aber jetzt gerade möchte er eigentlich nur weitersuchen und sein Vorhaben in die Tat umsetzten. Aber er muss noch mitspielen.

„Wow! Aston Martin DB6, Maserati Ghibli, Lotus Esprit und ein Rolls Royce Silver Cloud. Das nenne ich eine Garage!" Lacht Valentin gespielt.

„Den Lotus fährt meine Frau. Da ist sie ja schon!“ Antwortet Richard und dreht sich um, wo Valerie von Gehlen auf sie zukommt.

„Da seid ihr ja, wo auch sonst!?“ Ruft Valerie sichtlich gut gelaunt. „Ich habe gehört sie wollen heute für uns kochen? Na dann los, wir sterben vor Hunger!“

„Meine Frau liebt gutes Essen! Obwohl man es ihr nicht ansieht.“ Sagt Richard und grinst Richard an.

„Ja Richard, da muss ich ihnen recht geben. Ich hoffe nur ich kann denn Kochansprüchen ihrer Frau gerecht werden. Aber ich werde mich bemühen.“

Die Küche

Jacky nimmt Valentin von hinten in den Arm, der am Herd steht. „Kann ich dir helfen Süßer?" Fragt Jacky.

„Nein, Danke, aber du kannst dich um unsere Gäste kümmern." Antwortet er und lächelt Jacky an.

„Die langweilen mich aber so."

„Nimm dir aus deiner Reisetasche das weiße Pulver was ich dir reingelegt habe. Dann geht das schon." Kontert Valentin ohne sich von seiner Arbeit abzuwenden. Jacky löst ihre Arme von ihm und verlässt die Küche.

Valentin konzentriert sich voll auf sein Vorhaben und das Kochen. Auch wenn er noch nicht gefunden hat wonach er sucht, aber das wird er schon noch rausfinden, wenn er mit seinem Vorhaben fertig ist.

Er reibt mit beiden Händen das Fleisch mit Salz und Pfeffer ein und spickt es dann mit Knoblauchzehen. Spült sich die Hände ab und nimmt ein scharfes Messer um das Fleisch in Portionsstücke zu schneiden.

In der Kasserolle wird das Fleisch in Schweinemalz rundherum kräftig angebraten. Dreißig Minuten muss es braten.

In der Zwischenzeit mischt Valentin die weißen Bohnen mit dem Tomatenmark und schmeckt es würzig ab. Dann mischt er die Bohnenmischung und die Bauernwürste unter das Fleisch in die Kasserolle. Nun muss es für dreißig Minuten in den Gasofen.

Hotel Penelope

Die drei VW T4 Busse fahren mit quietschenden Reifen auf den Parkplatz von Hotel „Penelope". Männer mit schwarzen Overalls mit der Aufschrift „Zoll", springen aus den Schiebetüren der Busse. Ein Teil der Männer läuft um das vierstöckige Jugendstillhaus mit der rot leuchtenden Neonreklame. Das gammelige Gebäude steht an einer Durchgangsstraße in Porta Westfalica, unmittelbar hinter den Bahngleisen und unterhalb des Kaiser-Wilhelm-Denkmals. Die besten Jahre hat das Etablissement sichtlich hinter sich. Trotzdem verlaufen sich noch viele Fernfahrer, Handelsreisende und Ehemänner der Region in das alte Haus.

Der andere Teil der Männer rennt zur Eingangstür. Die Türsteher lassen sie nach einem kurzen Blick auf die Dienstausweise bereitwillig durch.

Zwei Beamte in Zivil gehen direkt auf die alte Eichenrezeption zu, die eingerahmt ist von einer goldroten Seidentapete.

Die ältere Dame hinter dem Tresen erhebt sich behäbig und begrüßt die Beamten mit einem seichten Lächeln.

„Was kann ich für sie tun meine Herren?" Sagt sie nüchtern und blickt teilnahmslos auf die Dienstausweise.

„Ich bin Inspektor Brüning von der Steuerfahndung und das ist mein Kollege Meier vom Zoll. Wir haben hier einen richterlichen Beschluss für eine Hausdurchsuchung. Einem in Bezug auf die Damen die hier tätig sind und zum anderen in Bezug auf den Betreiber des Hauses." Antwortet Inspektor Brüning.

„Nun, ich denke ich kann ihre Männer ehe nicht mehr aufhalten. Sie sind ja schon bereits auf dem Weg in die Zimmer." Reagiert die Dame gelangweilt. Während im Hintergrund die Freier auf dem Weg nach draußen ihre Hemden und Hosen zuknöpfen.

„Würden sie mir ihren Namen verraten?" Fragt Maier die Dame.

„Ich bin Silvia, Silvia Kralitschek. Ich bin die Hausdame hier im Hotel."

„Frau Kralitschek, wir möchten einen Blick in ihre Bücher und Geschäftsunterlagen werfen. Sind sie so nett und händigen uns diese aus?" Fordert Brüning.

„Ich denke doch nicht, dass das nötig sein wird", kontert Frau Kralitschek und verdreht die Augen, „wie sie sicherlich wissen vermieten wir die Zimmer hier lediglich an die Damen. Sie arbeiten selbständig."

„Das wissen wir Frau Kralitschek, deshalb ist Herr Meier hier. Er und sein Team kümmern sich um die Damen. Ich bin hier wegen den Geschäften von Herrn von Gehlen. Im gehört doch dieses Hotel?"

„Ja das ist richtig. Herr von Gehlen ist jedoch nicht hier. Ich werde Ihnen jedoch gerne telefonisch versuchen zu erreichen. Damit er dazu kommen kann und ihnen die Unterlagen aushändigen kann. Die meisten Unterlagen sind ohnehin im Tresor, auf den ich keinen Zugriff habe."

„Machen sie das. Frau Kralitschek, sie sind doch eingetragene Geschäftsführerin des Hotels? Und sie haben keinen Zugriff auf die Papiere?" Fragt Brüning.

„Nein, ich habe nur Einblick in das Tagesgeschäft. Alles Weitere macht ausschließlich Herr von Gehlen.“

„Ich werde mich im Büro umsehen. Rufen sie Herrn von Gehlen an. Ich muss Einsicht in den Safe haben.“

„Sagen sie Frau Kralitschek“, beginnt Meier, „wie viele Zimmer sind zurzeit belegt? Ich benötige eine Zimmerliste mit den Namen der Damen.“

„Es sind in der Regel immer fünfunddreißig Zimmer. Einen Moment ich gebe ihnen die Liste.“

„Wie viel kostet ein Zimmer pro Nacht oder Tag?“ Fragt Brüning von hinten aus dem Büro.

„Fünfzig Euro.“ Antwortet Frau Kralitschek.

„Fünfzig!?“ Murmelt Brüning vor sich hin.

„Das sind um die fünfzigtausend im Monat!“, ruft Meier, Brüning nach hinten, „wir machen den falschen Job!“ Lacht er und geht mit der Liste in Richtung der Zimmer.

Die Hausdame legt den Hörer auf und geht zu Brüning ins Büro, der verschiedene Ordner durchblättert.

„Herr von Gehlen geht nicht ans Telefon und beim Handy geht nur die Mailbox dran." Sagt sie und lehnt mit einer Zigarette in der Tür.

„Wissen sie wo er ist?" Fragt Brüning.

„Soweit ich weiß ist er auf seinem Hof."

„Bitte notieren sie mir seine Nummern. Sein Hof ist in Preußisch Oldendorf?"

„Ja. In Offelten."

„Ok. Bitte schreiben sie mir auch die Adresse auf. Ein Kollege wird alle Ordner beschlagnahmen und mitnehmen. Der Safe wird versiegelt, bis Herr von Gehlen ihn in meinem Beisein öffnet."

Dimitri Valentin

Der Antiquitäten- und Kunsthandel in einer ruhigen Seitenstraße der Königsallee in Düsseldorf war dunkel. Wie auch die anderen Geschäfte der Straße war er geschlossen. Jedoch waren die Sicherheitsgitter nicht heruntergelassen und die Alarmanlage nicht scharf geschaltet.

Im hinteren Teil des tiefen Ladenlokals, saß Richard von Gehlen hinter seinem französischen Bureau Plate. Der Schreibtisch war nur leicht erleuchtet von einer Messingtischleuchte. Richard blickte durch seine Lesebrille auf die Papierrollen, die auf dem dunkelgrünen Lederbezug, des Schreibtisch lagen.

Er wartete so eine gute halbe Stunde, wissend seine Geschäftspartner kämen wie immer zu spät. Doch dieses Mal würde Richard nicht alleine auf sie warten.

Die Türglocke klingelte als sich die Glastür des Geschäftes öffnete.

Richard richtete seinen Blick von den Papierrollen auf zur Tür.

„Guten Abend Richard." Begrüßte Viktor Richard und betrat gefolgt von seinem Sohn Dimitri das dunkle Geschäft. Viktor war ein Russe, mit breiter Nase, die von vielen Brüchen gezeichnet war. Dimitri sah Viktor ähnlich. Jedoch hatte er die feinen jugendlichen Gesichtszüge eines Neunzehnjährigen. Beide Männer waren in italienischen Maßanzügen gekleidet und traten mit festen Schritten auf Richard zu.

„Abend Viktor." Sagte Richard, ohne dabei Dimitri zu beachten.

„Du willst also unsere Geschäftsbeziehung beenden?" Antwortete Viktor mit russischem Akzent.

„Ja."

„Schade, sind das die letzten Bilder?" Wollte Viktor wissen und deutete auf die Rollen auf dem Schreibtisch.

„Ja."

Viktor griff nach den Rollen. Gleichzeitig sprang die Tür des Lagers auf und die Eingangstür des Geschäftes.

„Viktor Dimitriov, Dimitri Dimitriov, Hände hoch sie sind festgenommen!" Vier Polizisten mit gehobenen Waffen stürmten herein.

Viktor nahm sofort die Hände hoch. Dimitri faste in die Seitentasche seines Jacketts, zog einen Revolver hinaus und drehte sich um.

Viktor schrie noch: „Nein Dimitri!"

Im selben Moment traf Dimitri eine Kugel des Polizisten in die Schulter. Die Waffe viel ihm aus der Hand und er viel zu Boden.

Ein anderer Polizist trat die Waffe von Dimitri weg, die gegen eine Chinesische Vase knallte. Viktors Hände wurden nach hinten gerissen und die Handschellen klickten.

„Das wirst du bereuen!" Rief Viktor zu Richard, als er abgeführt wurde. Richard saß weiter regungslos hinter seinem Schreibtisch.

Ein weiterer Polizist kniete über Dimitri Valentin, der sich vor Schmerzen krümmte.

Ein Rettungswagen traf kurze Zeit später ein. Dimitri Valentin wurde verarztet und dann abtransportiert.

Richard blickte auf seinen Schreibtisch. Die Beamten nahmen die Leinwand rollen mit.

„Sind das alle?" Fragte einer der Beamten.

„Ja, das sind alle Bilder um die es ging."

Wartend bis die Beamten fertig wurden, blieb Richard an seinem Schreibtisch regungslos sitzen.

„Wir sind jetzt fertig Herr von Gehlen. Sie werden in den nächsten Tagen noch zu einer Vernehmung bestellt."

Richard von Gehlen blieb noch eine halbe Stunde regungslos sitzen. Dann schloss er das Geschäft ab. Fingerte aus einer englischen Standuhr zwei Leinwandrollen und ging zu seinem Wagen.

Das Abendessen

Die Familie sitzt an der langen Tafel im Esszimmer, unter einem großen Kristallleuchter, der fast zu wuchtig für den Raum erscheint. Der Raum ist jedoch nur durch Kerzenlicht beleuchtet. Die Wände sind in einem lichten Grün gehalten. An einer Wand steht eine große flämische Barockvitrine mit einer Sammlung von Silber und Porzellan.

Richard sitzt am Kopf der Tafel und unterhält sich mit Jacky, die neben Fleur sitzt und ihre Hand hält. Fleur schweigt und starrt apathisch auf den Tisch. Unter den Trägern ihres Tops sieht man die Morphium Pflaster, die sie ruhigstellen.

Valentin bringt das Essen hinein und stellt die Kasserolle, die er mit Kochhandschuhen trägt, auf einen Untersetzer.

„Es duftet schon köstlich!" Lobt Valerie und schenkt Rotwein ein, mit Ausnahme von Fleur, die ein Glas Milch vor sich hat.

Valentin wundert sich, dass die Familie noch immer Alkohol trinkt, nach Fleurs Vergangenheit. Erst jetzt fällt ihm auf, dass die schweren Barockspiegel mit Tüchern abgehängt sind.

Er nimmt die Kelle und richtet das Essen auf den Tellern an.

„Was ist es denn?" Fragt Richard in freudiger Erwartung.

„Es ist ein Rezept meiner Großmutter. Sie stammte aus dem Languedoc. Ein typisches Cassoulet."

„Dann passt der Bordeaux dazu ja gut!" Merkt Valerie an.

„Ihre Großmutter kam aus Frankreich?" Fragt Richard weiter.

„Ja, mein Großvater hat sie im zweiten Weltkrieg kennengelernt." Valentin stellt den letzten Teller vor seinen Platz und setzt sich.

„Guten Appetit", wünscht Valentin, „vielen Dank für die Einladung."

„Vielen Dank fürs Kochen und vielen Dank Jacky, dass sie uns und Fleur begleiten. Es ist uns eine große Unterstützung. Vielleicht kann Fleur ja jetzt für immer bleiben, wenn es gut läuft." Sagt Valerie.

„Das würde mich freuen. Fleur, dir gefällt es hier zu Hause doch auch besser?" Richtet Jacky an Fleur, die noch etwas benommen dasitzt.

„Sie kommen mir irgendwie bekannt vor Valentin", stellt Richard fest, „Jacky sagte sie haben einen Club in Essen?"

„Den Besten!" Fügt Jacky hinzu.

„Ich bin nur der Manager des Clubs. Zu einem eigenem fehlt mir noch das Kleingeld. Es ist stressig. Aber irgendwann habe ich genug zusammengespart. Nun, wer weiß, sie kommen ja auch aus Essen", antwortet Valentin, „vielleicht fällt es Ihnen ja noch ein im Laufe des Abends. Wie schmeckt es Ihnen denn?"

Plötzlich wird Fleur aus ihrer Trance erweckt und schaufelt regelrecht das Cassoulet in sich hinein! „Sehr gut! Mhhh, sehr gut!" Ruft sie.

„Ja ausgezeichnet!" Pflichtet Valerie bei.

„Das freut mich sehr. Ich kenne nicht besonders viele Rezepte. Aber das schon seit meiner Kindheit."

„Was ist es für ein Fleisch?", möchte Richard wissen, „Schwein oder eher Wildschwein. Aber so zart und etwas süßlich."

„Sie kommen schon noch drauf. Ich habe es ganz besonders für sie ausgesucht." Lacht Valentin und Jacky zwinkert ihn mit ihren leuchtenden Augen an.

Fleur schmatzt genüsslich, als wäre es ihr erstes Essen nach ihren Jahren der Magersucht und des Alkoholmissbrauchs.

Ibiza

Oscar sitzt mit Miguel, dem Betriebsleiterassistenten, an einem kleinen Tisch in der hintersten Ecke des Bacha Beach Club. Es ist 3.00 Uhr morgens. Und die letzten Gäste taumeln mit Champagnerflaschen in der Hand vom Strand zurück, um weiter in die Diskotheken der Insel zu ziehen. ist seit Jahren Manager des Beach Clubs. Weit weg von seinen Eltern. Weit weg von dem was damals passierte.

„Wie viele Gäste hatten wir heute Miguel?"

„, du solltest schon längst auf dem Weg zum Flughafen sein. Deine Familie erwartet dich, deine Schwester."

„Wie viele, wie viel Umsatz, sag schon."

„Knapp vierhundert Gäste, knapp vierundzwanzigtausend Umsatz." Antwortet Miguel schließlich.

„Hm, zu wenig. Wir brauchen mindestens fünfhundert und vierzigtausend Umsatz. Das muss doch gehen." Resigniert und lässt sich zurück in die Polster fallen.

„Die Saison ist noch nicht zu Ende, ich kümmere mich um mehr Werbung und trainiere die Mädels mehr zu verkaufen. Aber du, sei mir nicht böse, aber du siehst fertig aus. Du brauchst mal eine Woche Ruhe. Du machst die ganze Saison 24/7. Schlaf und flieg zu deiner Family."

„Hört sich an als willst du mich loswerden Miguel. Pass auf, es gibt genug andere die deinen Job wollen. Ok, noch mehr die meinen wollen!" Lacht.

„Es ist nur eine Woche", antwortet Miguel, „wir machen den Mist hier schon Jahre zusammen. Also hör auf mich."

„Ich fliege morgen Abend okay. Ich penne aus und um 23.00 Uhr bin ich am Flughafen Osnabrück."

„Gut, ich schließe ab und mach die Abrechnung mit den Mädchen. Fahr nach Hause."

steht auf und fährt in sein Apartment in der Altstadt von Ibiza. Wie immer kann er noch nicht sofort schlafen. Nach der Arbeit ist er immer überdreht. Zu viele Gedanken gehen ihm durch den Kopf. Die Beach Club Besitzer machen im Druck mit den Umsätzen. Aber heute Nacht ist es noch mehr.

Er wird seine Familie besuchen. Das macht er in der Regel nicht öfter als nötig. Vielleicht zweimal im Jahr. Seit damals ist das Verhältnis zu seinem Vater angespannt. Und seine Mutter kann er bis heute nicht verstehen, dass sie Richard nie verlassen hat.

Und bei diesem Besuch ist noch etwas anders. Seine Schwester Fleur ist aus der Psychiatrie entlassen.

So vereint war die Familie seit vielen Jahren nicht mehr.

Der Morgen

Die straff geschnurrten Kabelbinder schneiden in Richards Handgelenke, als er langsam zu sich kommt.

Was ist passiert, nur langsam wird er wieder wach. Alles ist verschwommen und ihm ist übel. Er sitzt noch immer an der Tafel wo sie gestern gegessen haben. Richard versucht sich zu erinnern. Aber er kann nicht weiterdenken als bis zum Eintopf von Valentin.

Richard versucht sich loszureißen. Doch dabei schneiden sich die Kabelbinder noch tiefer in seine Haut.

Rechts vor ihm sitzt seine Frau. Valeries Kopf hängt nach unten. Sie sieht aus wie tot.

„Valerie? Valerie? Wach auf!"

Nichts passiert. Wo sind Fleur, Jacky und Valentin? Wurden sie überfallen?

Richard versucht aufzustehen. Doch schnell wird er zurück an den Stuhl gerissen. Seine Beine sind ebenfalls an die Tischbeine geschnürt. Das Essen steht noch auf dem Tisch. Aber kein Besteck, kein Messer um die Kabelbinder zu durchschneiden. Wie spät ist es, fragt sich Richard. Draußen ist es schon hell.

Valerie bewegt ihren Kopf ganz leicht, als würde sie aus einem tiefen Schlaf erwachen.

„Valerie! Wach auf!"

Valerie öffnet vorsichtig ihre Augen, geblendet von der Sonne die durch das Fenster fällt. Alles dreht sich.

„Was? Was ist passiert?"

Auch sie bemerkt, dass ihre Arme und Beine gefesselt sind und beginnt panisch zu versuchen sich loszureißen. Ohne Erfolg.

„Wo ist Fleur Richard? Was ist los?"

„Ich weiß es nicht. Wurden wir überfallen?"

Die Tür zum Esszimmer geht auf und Valentin kommt herein.

„Gott sei Dank, Valentin! Was ist passiert? Machen sie uns los!" Ruft Richard ihm entgegen.

„Guten Morgen!" Wünscht Valentin und lächelt.

„Machen sie uns los! Was ist los mit ihnen?"

„Haben sie gut geschlafen? Valerie, sie könnten sich etwas frisch machen. Das Morphium war wohl doch etwas viel. Sie sehen ja aus als hätten sie die Nacht durchgesoffen."

„Was wollen sie Valentin? Wo ist Fleur?"

„Ja wo ist meine Tochter?" Schreit ihn Valerie an.

„Oh, keine Sorge, Jacky kümmert sich um sie."

„Was wollen sie? Was? Geld? Ich habe etwas Bargeld hier. Oder Schmuck? Hier nehmen sie meine Uhr. Eine Patek."

„Richard, das interessiert mich nicht. Es geht mir nicht um Geld oder Schmuck."

„Um was geht es ihnen dann?" Valerie wird hysterisch.

„Erkennen sie mich noch immer nicht Richard?"

„Wie erkennen? Woher?"

Valentin reißt sein Hemd auf. Auf seinem Schulterblatt ist eine kreisrunde Narbe.

„Na, erinnert sie das an etwas?"

„Oh Gott!" Erschreckt Richard.

„Was ist denn Richard? Woher kennst du ihn?"

„Sie sind Dimitriovs Sohn!"

„Na geht doch!"

„Verflucht was wollen Sie? Die Bilder? Die Bilder von damals? Die sind nicht hier. Sie sind in einem Safe in meinem Hotel."

„Die Bilder, die hole ich mir noch. Keine Sorge. Aber zuerst will ich etwas Anderes."

„Was denn sagen sie schon. Wir können das mit Sicherheit regeln Valentin."

„Wissen sie, dass mein Vater im Gefängnis verstorben ist? Und wissen sie eigentlich wie es ist so lange Zeit im Gefängnis?"

„Nein."

„Nun ich werde ihnen zeigen was Leiden bedeutet Richard."

„Sie wollen Rache? Nehmen sie mich und lassen sie meine Frau und meine Tochter gehen."

Valentin lacht. „Das wäre ja zu einfach. Nein, mit Valerie und Fleur werde ich auch noch meinen Spaß haben. Sie werden dabei zu sehen."

„Valentin, hören sie, nehmen sie was sie wollen. Aber lassen sie meine Frau und meine Tochter in Frieden. Wir werden hier nicht lang alleine sein. Unser Hausmeister kommt heute vorbei. Ihm wird auffallen, dass etwas nicht stimmt."

„Sie meinen Hektor?"

„Ja. Er wird sicher sofort die Polizei verständigen."

„Das denke ich nicht."

„Warum?"

„Weil Sie und ihre Frau gestern Hektor und Lisbeth zum Abendessen hatten."

Richard und Valerie sehen Valentin entsetzt an. Valerie schießen die Tränen in die Augen und sie muss würgen.

„Ich lasse sie nun noch etwas ausruhen, damit sie fit sind für, dass was ich mit ihnen vorhabe. Sollten sie noch Appetit haben, lassen sie es mich wissen. Jacky wird ihnen gerne noch etwas von dem Eintopf füttern. Ich kümmere mich derweilen um Fleur."

Richard versucht sich erneut loszureißen, ohne Erfolg. Und Valentin lässt die Esszimmertür wieder hinter sich ins Schloss fallen.

Der Anfang

Fleur drehte sich unruhig hin und her im Bett. Der Champagner tat zwar seine Wirkung, jedoch war ihr Schlaf sehr leicht und unruhig. Sie war so müde. Trotzdem war zu viel in ihrem Kopf. Gerade erst kam sie aus dem Internat zurück. Gedanklich war sie noch da. Jetzt war sie hier, hier zu hause. Alles war seltsam. Oscar hatte ihr Alkohol gegeben und diese Ohrstöpsel. Warum? Fragte sie sich. Ihr war warm unter ihrer Decke und sie schwitze. Fleur trug ein T-Shirt und Sportshorts.

Sie hörte nichts. Aber sie rollte sich zwischen unruhigen Albträumen hin und her.

Richard taumelte durchs Haus. Er hatte inzwischen das Glas gegen eine Flasche Wein ausgetauscht. Er war auf der Suche nach seiner Frau.

Er schrie: „Wo bist du Schlampe, du alte Hure! Komm raus! Komm ins Bett!"

Keine Antwort. Er lief durch die Gänge des Hauses, wobei die Flasche Wein tiefe Kerben in die lackierten Wände schlug.

Richard trug Boxershorts und ein mit Rotwein beflecktes weißes T-Shirt.

Er schwankte Richtung Schlafzimmer. Irgendwo musste Valerie sich doch verstecken.

Er stolperte über seine Füße, stürzte und knallte mit dem Kopf gegen die Tür von Fleurs Zimmer. Die Weinflasche konnte er nicht halten, weil er sich, in seinem Delirium, versuchte mit seinen Händen aufzufangen.

Er merkte wie sein Unterkiefer gegen das harte Holz der Tür prallte und sah die Rotweinflasche über den Granitboden rollen. Richard langte mit einer Hand nach der Flasche. Dabei verlor er das Gleichgewicht und klatschte mit einem lauten Geräusch, mit dem Kopf auf den schwarzen Granit. Die andere Hand versuchte nach dem Messing Türgriff zu greifen. Nach dem sie zweimal abrutschte, konnte er sie endlich umfassen und festhalten. Er zog die Klinke herunter.

Die Tür öffnete sich und er rollte mit dem halben schweren Oberkörper in Fleurs Zimmer.

Auf alle Vieren tastete er sich vor. Seine Arme knickten immer wieder um. Richard faste nach dem Bett, was links neben der Tür stand. An den schmiedeeisernen Gittern des Bettes konnte Richard sich gut an einem der Stäbe festhalten und hochziehen.

Er schaffte es so weit, dass sein Kopf auf der Matratze auflag. Wenn er so einfach liegen geblieben wäre, wäre er einfach eingeschlafen. Aber Richard hatte noch Kraft und Energie. Er griff einige Gitterstäbe weiter und zog sich weiter hoch. Seine Beine waren fast wie gelähmt vom Alkohol. Er zog sie schlaf hinter sich her.

Dann verließ ihn wieder seine Kraft. Und sein Oberkörper viel schlaff und schwer auf Fleurs schlafenden Körper.

„Papa? Papa bist du das? Was ist denn?"

„Was? Wie was soll sein?" Murmelte er kaum verständlich.

„Was machst du hier? Geh schlafen!" Antwortete Fleur, die langsam wach wurde und ihre Ohrstöpsel heraus puhlte.

„Was willst du? Was sagst du?!" Fängt Richard an zu schreien. Der genervte Ton seiner

Tochter macht ihn wieder so aggressiv, wie seine Frau, die sich weigerte mit ihm ins Bett zu kommen.

„Lass mich! Bitte! Papa was ist denn?"

Er legte sich mit seinem ganzen Gewicht auf Fleur. Sein Gesicht lag auf ihrem. Sie roch seinen feuchten, nach Rotwein und Scotch, stinkendem Atem.

Noch fester presste sich Richard an Fleur.

„Du willst wissen was ist?"

„Papa bitte!"

Fleur versuchte sich gegen das Gewicht ihres Vaters zu wehren.

Er presste sich so sehr an sie, so dass sie das Gefühl hatte keine Luft mehr holen zu können.

„Ja bitte, was ist denn?"

„Du, du bist wie deine Mutter!" Lallt Richard.

„Wie ich bin wie meine Mutter, warum Papa?"

Fleur wehrte sich, aber musste schnell erschöpft aufgeben.

„Ach, du, du Bastard, du bist noch viel schlimmer. Du bist ein Bastard. Deine Mutter ist nur eine Nutte!"

„Was sagst du da Papa, was, was sagst du?" Und Fleur kullerten jetzt nur noch die Tränen über die Wangen.

„Du kleines Miststück!"

„Warum Papa, warum sagst du sowas?" Fleur weinte bitterlich, aber sie würde noch mehr weinen.

Das Mädchen, dass bislang immer eine behütete Kindheit hatte. Sie war doch immer Papas kleine Prinzessin. Was war nur passiert? Er nannte sie nicht mehr Prinzessin. Sondern Miststück. Er nahm sie nicht mehr beschützend in den Arm.

Nein, jetzt presste er sich auf sie, als wollte er sie erdrücken. Und das was sie noch spürte machte ihr noch mehr Angst. Es war sein steifes Glied, was gegen ihren Oberschenkel drückte. Richards karierte Boxershorts waren runtergerutscht. Und sein Penis drückte direkt auf die Innenseiten von Fleurs Oberschenkel.

„Wir hätten das damals nie machen sollen!"

„Was Papa, was? Lass mich los, geh runter von mir!"

Aber Richard lies nicht ab von dem Kind was er großgezogen hatte.

„Du, du bist ein Miststück. Ein Bastard. Ein Inzestbastard"

„Warum sagst du sowas Papa?" Ihre Tränen und ihr Weinen ließen ihre Stimme kläglich und hysterisch klingen.

„Inzest! Inzestbastard!" Schrie Richard ihr ins Ohr. Und sie fühlte seinen heißen Speichel.

„Du bist ein Stück Scheiße, was wir aufgenommen haben, dich ernährt haben! Du, du bist nicht meine Tochter, du bist die Tochter von zwei fickenden Geschwistern! Du bist das ekelhafte Kind von Hektor und Lisbeth!"

Fleur wehrte sich jetzt wild! Sie strampelte! Sie schrie und biss um sich! Ohne Erfolg.

Richard presste mit seinem Kopf ihr verweintes Gesicht in die rosafarbenen Kissen.

Fleur hatte keine Kraft mehr zu antworten. Sie war sprach los von dem was sie hörte. Und von dem was sie schmerzhaft fühlte.

Sie hörte nur die Stimme von dem Mann den sie ihr Leben lang für ihren fürsorglichen Vater hielt.

„Inzestbastard, Miststück!"

Der Mann der ihr vorher immer so vertraut war, den sie immer liebte.

Sie musste hören, dass ihre Eltern nicht ihre Eltern waren. Ihre Gedanken waren chaotisch. Ihre Eltern waren nicht ihre Eltern, sondern ein altes Geschwisterpaar.

„Du kleine Hure, du kannst froh sein das du nicht behindert bist!" Sabbert der Mann ihr ins Ohr, den sie bisher für ihren Vater hielt.

Fleur drehte ihr Gesicht tief ins Kissen. Schrie und weinte. Völlig hilflos gegenüber den Worten des Mannes und dem was er tat.

Wie benommen musste sie aufgeben, alles über sich ergehen lassen. Sie fühlte nur wie seine große Hand unter ihre Sportshorts glitt, ihren Po fest umfasste, dann weiterfuhr und seine Finger, mit einem heftigen Stoß, schmerzhaft in sie eindrangen. Immer und immer wieder.

Am Mittag

Richard sitzt noch immer am Esstisch. Aber ist er nun allein im Zimmer. Jacky und Valentin hatten Valerie vor Stunden unter Schreien herausgebracht. In der Zwischenzeit sind die Schreie verstummt. Was Richard zwar beruhigt, aber seine Gedanken sind umso beunruhigter.

Was hatte Valentin mit seiner Tochter und seiner Frau gemacht? Wo sind sie? Und was hat Jacky damit zu tun? Es ist totenstill im Haus, was sehr ungewöhnlich ist. Denn eigentlich sind die Fachwerkwände sehr hellhörig und auf den Balkendecken hört man jeden noch so vorsichtigen Fußtritt. Man hört eine Maus über den Dachboden laufen. Aber jetzt seit Stunden nichts.

Um den menschlichen Eintopf, der mittlerweile stinkend auf dem Tisch steht, kreisen ein paar Fliegen.

Richard ist noch benebelt von dem Morphium. Aber sein Kopf ist klar. Er hat es aber aufgegeben zu rufen. Da seit Stunden keine Antwort kommt. Seine Handgelenke schmerzen. Und er muss pinkeln. Der Druck ist so stark. Aber das verbietet ihm sein Stolz, sich hier vor Valentin in die Hose zu urinieren. Und der Eintopf macht sich auch langsam bemerkbar. Das Menschenfleisch verursacht anscheinend Diarrhöe.

Mit einem brechenden und krachenden Geräusch wird die Kassettentür zum Esszimmer aufgetreten. Die jahrhundertealte Tür ächzt elendig, als wollte sie unter dem Druck zerbrechen.

„Auf geht's mein Lieber! Zeit den Platz zu wechseln."

„Bringen sie mich zu meiner Familie? Wo sind Fleur und Valerie?"

„Sie sorgen sich Richard? Ist das ihr Ernst?"

„Ja es sind meine Tochter und meine Frau! Wie sollte ich mich da nicht Sorgen?"

„So wie sie sich sorgten vor fünfzehn Jahren?"

„Was wissen sie schon? Lassen sie sie gehen und nehmen sie mich! Ich weiß sie wollen die Bilder!"

Valentin kniet hinter Richards Stuhl.

„Wenn sie treten sind sie tot."

Mit einem Cutter Messer durchtrennt Valentin mit einem schnellen Schnitt die Kabelbinder um Richards Knöchel und seine Füße schnellen unter dem nachlassenden Druck nach vorne und prallen gegen die Eichenbeine des Esstisches.

Richard lockert seine Gelenke um wieder Blut in die eingeschlafenen und tauben Füße laufen zu lassen.

Valentin nimmt einen neuen Kabelbinder aus der Gesäßtasche seiner Dieseljeans und legt ihn um die Arme von Richard, kurz über den Kabelbinder der seine Hände an den Stuhl bindet.

Mit dem Cutter Messer durchtrennt Valentin die Fessel und reißt im selben Moment Richard aus dem Stuhl.

Richard stürzt mit dem Becken gegen den Tisch. Wenn Valentin ihn nicht halten würde, würde er direkt mit dem Gesicht in dem Eintopf landen.

„Reiß dich zusammen!"

Doch Richards Füße sind so taub und er hat keinerlei Gefühl in ihnen. Sie kribbeln und knicken einfach weg. Jetzt merkt er auch wieder wie benommen er ist vom Morphium. Alles dreht sich. Aber er muss sich konzentrieren.

„Komm!"

Valentin reißt ihn um den Tisch. Der Stuhl fällt nach hinten um und Richard taumelt fast in die Vitrine. Aber durch das schneidende Plastik an seinen Armen wird er wieder aufgefangen.

Bei jedem Tritt knickt er um. Er spürt seine Füße nur langsam wieder. Aber Valentin drückt ihn weiter zur Tür.

Valentin lässt Richard wie einen lahmenden Hund vor sich herschwanken und stößt ihn eine Stufe hinab, durch die Tür in das Flett.

Erschrocken bleibt Richard stehen. Er ist wie erstarrt obwohl ihn Valentin zum Weitergehen drängt.

„Was ist? Erschreckt dich das schon so sehr was du siehst?"

„Was? Was machen sie mit ihnen?"

Auf der rechten Seite, an einem schweren schmiedeeisernen Feuerhacken hängt kopfüber Valerie. Ist sie bewusstlos oder tot? Ihre Augen sind zumindest geschlossen. Sie hängt über der mannshohen Feuerstelle. Das Feuer, was am Abend zuvor noch hoch loderte, glimmt zum Glück nur noch. Aber der Rauch steigt in ihr Gesicht und lässt Tränen aus ihren geschlossenen Augen kullern, die von ihrer Stirn tropfen und auf die Glut fallen, um mit einem kurzen Zischen zu verdampfen. Ihre Bluse ist nach unten gefallen und lässt ihren BH zum Vorschein kommen. Ihre Brüste hängen ihr bis kurz unter das Kinn. Sie hat keine große Oberweite. Vielleicht fünfundsiebzig B. Dadurch hatte sie auch für ihr Alter noch attraktive straffe Brüste. Aber jetzt sah es etwas grotesk aus, wie ein zu eng geschnürtes Dirndl beim Oktoberfest.

Valerie röchelt. Sie lebt noch denkt Richard.

Er lässt den Kopf hängen. Und wird im selben Augenblick wieder nach vorne gedrückt.

Erst jetzt fällt ihm auf, dass noch jemand in dem großen düsteren Raum ist.

Hinter dem Kamin, unterhalb des Fensters zum Garten steht Jacky. Sie lächelt sanft und ihre Hand ruht auf der Schulter von Fleur.

Fleur sitzt in einem Rollstuhl und starrt auf einen abgehängten Spiegel. Nicht auf ihre, von der Decke hängende, Mutter, nicht auf ihren stolpernden, gefesselten Vater.

„Warum ist der Spiegel denn abgehängt?", fragt Fleur mit einem verwunderten Gesichtsausdruck. Dann lacht sie.

„Ziehen wir wieder um? Und die Spiegel müssen verpackt werden?", lallt sie benommen und grinst.

Neben Fleurs Rollstuhl steht ein Tropf.

„Was machen sie mit ihr?", fragt Richard.

„Ihr geht es doch blenden!", antwortet Jacky mit ihrem arrogantesten Grinsen.

„Was verflucht ist in dem Tropf? Wofür der Tropf? Fleur braucht keine Medikamente aus einem Tropf!"

Valentin stößt Richard weiter durch das Flett. Vorbei an dem Kamin, vorbei an der röchelnden, bewusstlosen Valerie, deren Tränen in die Glut tropfen.

„Warum der Tropf?" Richard wird laut und wehrt sich. Sofort bekommt er von Valentin einen Schlag in die Nieren, der ihn leicht zur Seite einknicken lässt.

„Alkohol, eine Ethanol-Kochsalzlösung", antwortet Valentin und drängt Richard weiter zur Treppentür.

Die nächste Kassettentür neben dem Kamin führt zu den Treppen. Valentin öffnet sie. Dahinter die Eichentreppe führt nach oben, in die ehemalige Kornkammer, wo nun noch weiter Schlafkammern eingerichtet sind.

Richard macht schon einen Schritt nach vorne, als er wieder zurückgezogen wird.

Valentin greift nach dem Seilzug und zieht daran. Die Treppe hebt sich schwerfällig nach oben und legt darunter eine weitere Treppe frei. Die Treppe die in den Kriechkeller führt.

„Was meinen sie mit Alkohol, Valentin?"

„Na ja, eine leichte Lösung mit Alkohol einfach."

„Fleur ist Alkoholikerin! Wieso Alkohol?"

„Ach nur, damit sie immer ruhig ist und ihren Pegel hält!", Valentin lacht.

Er hängt die Treppe ein, so dass der Niedergang in den Kriechkeller frei ist.

Es ist dunkel und ein moderiger Geruch steigt auf. Der Kriechkeller wurde schon seit Jahren nicht genutzt. Er ist etwa so groß wie das Kammerfach. Also ungefähr achtzehn mal fünf Meter. Die Mauern sind aus Feldstein und auf dem sumpfigen Boden steht Grundwasser. Das einzige Leben was sich dort hin verirrt sind manchmal Ratten, die sich aus dem angrenzenden Bach einen Weg dorthin graben.

„Warum machen sie das? Ich weiß sie hassen mich! Aber sie können doch alles haben was sie wollen! Warum Fleur und Valerie?"

Die beiden Männer stehen vor dem dunklen Kellerniedergang und Richard fühlt Valentins Atem in seinem Nacken.

„Du verstehst nicht? Du sollst leiden Richard! Ich versichere dir, du kommst noch dran! Hab noch Geduld! Mein Vater musste auch einige Jahre sitzen bis er starb. Du hast ein paar Tage. Aber in denen wird es, sagen wir komprimiert."

„Sie wollen, dass ich sterbe? Warum tun sie es nicht einfach? Töten sie mich!"

„Ja ich will, dass du stirbst! Aber hören sie mir nicht zu? Sie sollen leiden!"

Valentin bohrt Richard das Cutter Messer in den Rücken, bis Blut dessen Hemd sich verfärbt.

„Sie leiden alle! Zuerst deine Familie Richard und zum Schluss kommst du dran."

Valentin kniet sich, hält dabei mit einer Hand die Kabelbinder. In der anderen Hand hält er das Cutter Messer, mit dem er blitzschnell die Fersen von Richard durchtrennt. Blut spritzt aus den Wunden und Richard klappt zusammen. Er kippt vorwärts die sechs Stufen der Holztreppe hinunter und prallt mit dem Kopf in den sumpfigen Morast, der in tiefem dunkeln liegt.

„Keine Sorge", ruft Valentin ihm nach, „sie werden schon nicht daran verbluten. Für ihren Tod habe ich mir noch etwas Besseres ausgedacht!"

Schwerfällig windet sich Richard und dreht sich, ohne dabei seine Füße zu bewegen, die er nur noch zur Hälfte spürt. Er kann seine Zehen nicht mehr spüren.

Richard blickt die Eichentreppe hinauf und erkennt nur den Schatten von Valentin.

„Es ist besser, wenn sie nicht mehr laufen können. Macht mir alles um so einiges leichter. Aber jetzt bin ich erst mal hier oben beschäftigt!"

„Warten sie!", ruft ihm Richard noch hinterher. Aber schon lässt Valentin den Seilzug los und die schwere Treppe zur ersten Etage, der Kornkammer, knallt schwer herunter und verschließt den Kriechkeller stockfinster wie ein Sargdeckel.

Brüning

Nach Litern von Kaffee, der Durchsicht von Akten und unzähligen erfolglosen Anrufen bei Richard von Gehlen hat Brüning einfach keine Lust mehr.

Es macht keinen Sinn, sich dreizehn Stunden um die Ohren zu schlagen nur um aus Neid, einem Besserverdienendem einen reinzuwürgen.

Brüning kann von Gehlen nichts anlasten. Einfach nichts! In den Büchern des Hotel Penelope steht nichts Besonderes. Alles ordentlich abgerechnet. Zwei von den Damen in dem Laden hatten keine Aufenthaltsgenehmigung. Aber kein Grund von Gehlen etwas anlasten zu können. Sie haben lediglich Zimmer bei ihm gemietet.

Aber Brüning ist heiß. Es kann nicht sein das von Gehlen einfach nur mit Zimmervermietung sein Geld verdient. Brüning fühlt das da mehr ist. Irgendwas ist in dem scheiß Safe.

Scheiß egal denkt er sich. Er gibt jetzt nicht auf. Wenn von Gehlen nicht ans Telefon geht, fährt er halt hin. Er hat zwar keinen Durchsuchungsbeschluss für von Gehlens Haus, aber ein bisschen Feuer unter Arsch kann er ihm wenigstens machen. So viel, dass er den Safe öffnet. Das muss er, denn der Beschluss ist letztlich für das gesamte Hotel Penelope.

„Meier?"

„Ja ich bin`s Klaus. Wollte nur sagen, ich fahr jetzt zum von Gehlen nach Offelten. Ich krieg den ja nicht. Und der Safe ist noch zu."

„Ok. Mach das. Hast ja dann einen schönen Ausflug vor dir."

„Super. Fünfundvierzig Minuten hin und wieder zurück. Aber von nix kommt nix."

„Da hast du wohl Recht. Ich habe nix gegen den. Wie gesagt, zwei Illegale, aber deshalb kann ich ihm nichts."

„Ich weiß. Danke. Melde mich später bei dir."

Brüning fährt mit seinem Passat über die Landstraße von Minden in Richtung Offelten.

Er steckt das Handy in die Halterung und macht das Radio an. Er bekommt nur rauschenden Empfang und schaltet es wieder aus. Sein Blick schweift einfach über das Wiehengebirge.

Der Verkehr ist überschaubar, ein paar Schlepper mit Heu die er überholen muss und einige lästige Kreisverkehre. Durch die Kreisstadt Lübbecke, dann weiter gerade aus.

Den Hof der von Gehlen sieht er schon von weitem. Brüning war noch nie dort, aber er hat gehört, dass er einen der monumentalsten Giebel des Ortes hat.

Das muss er sein. Auf den Hof führt eine Allee. Der Passat fährt bis vor das Scheunentor.

Mehrere teure Autos stehen im Hof und Brüning denkt wieder, dass hier doch was zu holen sein muss. Ein alter Porsche mit Essener Kennzeichen fällt ihm auf. Ein Auto, von dem in seiner Jugend ein Poster in seinem Zimmer hing.

Brüning läutet die Glocke.

Er läutet erneut. Mehrmals. Es dauert einige Zeit bis die Riegel des Tores geöffnet werden.

„Guten Tag. Was kann ich für sie tun?"

Ein Mann Mitte Dreißig öffnet das obere Tor der Deele.

„Ähm, guten Tag. Mein Name ist Brüning, von der Steuerfahndung. Sie sind nicht Herr von Gehlen oder?"

„Nein.", lächelt der Mann und öffnet das untere Tor der Deele und lässt Brüning eintreten.

„Entschuldigen sie, ich bin selbst nur zu Besuch hier. Meine Freundin ist die Betreuerin von Herrn von Gehlens Tochter, aber Herr von Gehlen ist zurzeit nicht hier. Er wollte, soweit ich weiß, nach Essen fahren."

„Betreuerin?"

„Ja, Herr von Gehlens Tochter geht es nicht so gut. Aber so viel möchte ich dazu nicht sagen. Die Psyche wissen sie?"

„Ja, schon gut. In Essen ist Herr von Gehlen?"

„Ja, ich weiß nicht genau, aber er hat wohl Immobilien dort und Gespräche mit Mietern."

„Hm, ist Frau von Gehlen hier?"

„Nein tut mir leid. Sie ist mit Herrn von Gehlen gefahren."

„Hm, ok. Seien sie mir nicht böse, aber was machen sie hier?"

Valentin lächelt. „Ich? Ich besuche nur meine Freundin. Wissen sie, meine Freundin betreut Fleur von Gehlen schon lange in der Psychiatrie.

Und jetzt wo sie hier ist besuche ich sie. Schatz? Kommst du mal mit Fleur?" Valentin dreht den Kopf Richtung Flett und wartet, dass etwas passiert.

Die Tür das Flett geht auf. Valentin läuft durch die Deele und hält die Tür auf, während Jacky den Rollstuhl mit Tropf durchschiebt.

„Jacky, das ist Herr Brüning. Er ist auf der Suche nach Herrn von Gehlen."

„Guten Tag Herr Brüning. Das hier ist Fleur von Gehlen."

Fleur starrt unbeirrt durch die Luft ohne merklich Notiz von dem Besuch zu nehmen.

„Guten Tag. Nun Kann ich Herrn von Gehlen irgendwie erreichen? Es ist dringend. Und über Handy bekomme ich ihn nicht."

„Herr von Gehlen geht nur ungern ans Handy. Aber er meldet sich sicher bald bei ihnen." Antwortet Jacky.

„Gut. Wann wollte er zurück sein aus Essen?"

„In drei Tagen."

„Und er ist nicht zu erreichen? Was ist, wenn mal etwas seien sollte? Mit seiner Tochter zum Beispiel?"

„Wir sprechen auf die Mailbox und er ruft zurück. Wird er sie sicher auch. Entschuldigen sie, ich muss Fleur wieder reinbringen."

„Ja, danke. Wenn er sich meldet, hier ist meine Nummer. Es ist dringend!"

Brüning dreht sich um und geht wieder aus der Deele.

„Ach, ist das nicht der Wagen von Herrn von Gehlen?" Brüning zeigt auf den Range Rover.

„Die beiden sind mit dem Wagen seiner Frau gefahren.", antwortet Valentin und schließt die Riegel des Deelentores.

Brüning steigt in den Passat und fährt wieder.

Der Nachmittagstee

Jacky hängt einen neuen Tropf an Fleur. Der neue klare Plastikbeutel baumelt und sie justiert die Dosierung. Der Rollstuhl steht wieder in dem Flett. Fleur schaut teilnahmslos zu ihrer Mutter, die noch immer kopfüber an dem Feuerhaken hängt.

Es ist wieder ruhig. Jacky setzt sich neben Fleur in einen Schaukelstuhl und beginnt, wie eine strickende Großmutter, zu wippen. Ein leiser Klick. Das Klapp fehlt, da wenn sie nach vorne wippt, der Schaukelstuhl auf dem alten Sarough Teppich abrollt.

Und dann wieder klick, als der Holzbogen den Boden rückwärts berührt.

Ruhe, klick, Ruhe, klick, Ruhe, klick, Ruhe, klick. So beruhigend für Jacky, die langsam aufgewühlt wird von dem Chaos der letzten Stunden.

Bei der Ruhe, klick, Ruhe, klick, Ruhe, klick… kann sie entspannen. Sie braucht zwischendurch die Ruhe, wenn auch nur für kurze Momente. Jacky steht immer unter Strom. Es gibt nur selten Momente der Entspannung. Sie kennt es nicht anders immer Drogen und laute Musik.

Die letzten Jahre, seit sie fünfzehn wurde, wartete sie immer nur aufs Wochenende. Irgendwann wartete sie nicht mehr aufs Wochenende. Warum warten? Wenn man auch montags, mittwochs und donnerstags kiffen kann. Und an den Wochenenden endlich alles trinken und schmeißen und durch die Nase ziehen kann.

Diese Sucht nach Leben. Das Leben endlich spüren. Sie hat so lange nichts gespürt. Bei keinen Drogen mehr. Nicht mehr beim Ritzen. Ein Wunder das niemand danach gefragt hatte bei dem Einstellungsgespräch für den Bundesfreiwilligendienst bei Haus Susanne.

Es gab Kollegen die sie darauf ansprachen, aber sie belächelte es nur. Jeder macht doch mal Scheiß.

Ihr Vater schickte sie zu Therapeuten. Sie sprach über vieles. Erzählte von ihrer Kindheit. Aber nie von dem was ihr ihr wirklich passierte.

Und sie fand schnell heraus, wo niemand sieht, wenn sie sich ritzt. Es gibt Stellen, die unerkannt bleiben.

Sie kann Crop Top und Hotpants, ja sogar ihren super knappen Bikini im Grugabad. Die assi Typen können ihr hinterherpfeifen. Obwohl ihr ihre Figur unangenehm ist, sie hat große Brüste, aber einen flachen Hintern. Die Hüften sind dennoch zu breit. Da kann sie sich den Finger in den Hals stecken so viel sie will.

Aber wenigstens sieht man ihre Ritze links und rechts ihrer Möse nicht. Sie bleiben immer verdeckt. Es sei denn sie wird intim. Aber das wird sie nur mit jemandem, dem sie sehr vertraut.

Es macht wieder klick, Ruhe, klick, Ruhe, klick.

Ibiza – San José

Einfach mal Ausschlafen. Das hatte er schon so lange nicht mehr. Er konnte sich nicht daran erinnern. Es muss zuletzt Anfang März gewesen sein, zu Beginn der Saison im Bacha Beach Club. Jeden Tag schließt er den Laden um zehn Uhr morgens auf und nachts um ein oder zwei Uhr wieder ab. Teilt zwei Schichten Kellnerinnen ein, befasst sich mit betrunkenen Gästen oder Angestellten, bringt nachmittags und nachts die Einnahmen in einer Geldbombe zur Bank.

Er sieht einfach zu, dass der Laden sieben Monate am Stück funktioniert. Sieben Tage die Woche. Obwohl der Laden unmittelbar am Strand ist, war er noch nicht einmal im Wasser. Manchmal nimmt er sich nachmittags, wenn er das Geld zur Bank bringt, etwas Zeit und fährt mit seinem Wrangler ins Innere der Insel. In die hügelige Landschaft von Ibiza, weit ab von der Küste, dem Meer. Schaut sich ein paar Fincas an die für Millionen von Euros zu Verkauf stehen. Er liebt den schlichten weißen Baustil der Ibizenker Häuser mit arabischen Einflüssen. Schon als Kind hatte er mit seinem Vater solche Unternehmungen gemacht. Es gab keine einfachen Strandurlaube. Immer gab es Mietwagen und Immobilienmakler.

Heute konnte Oscar endlich ausschlafen. Eine Woche Urlaub von der Insel. Keine laute elektronische Musik von zu zugedröhnten DJs.

Doch da war noch was. Oscar schreckt auf aus dem unruhigen Schlaf. Schweiß gebadet. Seine Familie.

Es ist dunkel draußen. Ist es noch Nacht? Oder schon der nächste Abend? Wie lang hatte er geschlafen?

Ein Blick auf die Uhr verrät ihm: einundzwanzig Uhr fünfunddreißig.

„Fuck!"

Es ist der nächste Abend. So lang hat er geschlafen, zu lang. Um dreiundzwanzig Uhr geht sein Flugzeug.

Oscar springt aus dem Bett, stolpert über seine Louis Vuitton Reisetasche, fängt sich, springt weiter ins Bad und unter die Dusche.

Das Taxi kommt pünktlich. Zum Flughafen San José sind es ungefähr zehn Kilometer. Um diese Uhrzeit ist relativ wenig Verkehr. Trotzdem bittet er den Fahrer sich zu beeilen. Erst kurz vor dem Flughafen staut sich eine Wagenkolonne. Es gab einen Unfall. Nur Blechschäden, aber alles ist blockiert.

Nach fünfzehn Minuten warten, bezahlt er den Taxifahrer, nimmt seine Tasche und beschließt zu laufen.

Er rennt an dem Stau und an dem Verkehrsunfall vorbei, bis zur Abflughalle.

Sucht auf dem Informationsbildschirm nach dem Check-in Schalter seiner Flugnummer. Sie wird nicht mehr angezeigt. Es ist dreiundzwanzig Uhr und zehn Minuten. Sein Flugzeug ist weg.

Beim Air Berlin Büro erkundigt sich Oscar nach dem nächsten Flug, den er für morgen vierzehn Uhr bucht.

Frustriert setzt er sich zu Starbucks. Holt sich einen schwarzen Kaffee.

Er ruft im Beach Club an und hört nach wie es läuft. Oscar kann seinen Job nicht loslassen. Er lenkt ihn ab. Vor seinem Kaffeebecher sitzt er hin und her gerissen.

Irgendwie ist er fast froh, dass er seinen Flug verpasst hat. Bei seiner Familie zu sein macht ihn nervös. Hier auf Ibiza hat er nur kurze Nächte, aber er fällt meistens erschöpft und tot ins Bett. Zu Hause ist es wie damals. Obwohl alles schon Jahre her ist, findet er keinen Schlaf. Ohrstöpsel benutzt er dort immer. Obwohl die Altstadt von Ibiza um ein Vielfaches lauter ist. Aber es gibt Sachen die er niemals wieder hören möchte.

Er versucht seine Eltern anzurufen, um zu sagen, dass er später kommt.

Es nimmt niemand ab.

Kriechkeller

Richard liegt nun schon eine ganze Weile auf dem feuchten Kellerboden. Es ist stockfinster und es herrscht totale Stille. Kein Geräusch, kein einziger Lichtschein.

Seine Füße spürt er nicht mehr. Nur das Blut, was anfangs noch warm über seine Füße floss, bildet jetzt eine feste zähe Kruste.

Auf seine Ellenbogen gestützt, schleppt er seinen schweren Körper Stück für Stück über den Boden, bis er an der Wand angelangt. Schwerfällig drückt er sich hoch und dreht sich mit einem Ruck um, so dass sein Rücken an der Wand liegen bleibt.

In seinem Kopf dreht sich alles. Wirre Gedanken schießen wie Blitze hin und her. Kurze Schnappschüsse erscheinen in der schwarzen Dunkelheit. Erinnerungen an damals. Die scheiß

Geschäfte mit der Kunstmafia. Der Abend an dem er sie hatte auffliegen lassen. Der Abend an dem er seiner Familie das alles angetan hatte. Es sind nur Fetzen. Genau kann er sich nicht erinnern. Es war zu viel Alkohol in dieser Nacht. Wie in so vielen Nächten, an die er sich nur bruchstückweise erinnern konnte.

Und jetzt? Jetzt hängt Valerie an den Füssen gefesselt unter der Decke. Fleur wird intravenös mit Alkohol versorgt. Geht das überhaupt? Sie war jetzt schon einige Zeit trocken. Das wirft sie so zurück. Wenn sie es überhaupt alles überlebt.

Was hat Valentin vor? Was soll das? Wenn er Rache will, warum nimmt er nicht ihn. Oder die Bilder? Wie schlimm muss sein Hass sein?

Mit einem berstenden Geräusch hebt sich die Kellertreppe. Licht fällt in den flachen Kriechkeller. Richard ist geblendet. Er sieht nur die Umrisse von zwei Beinen. Weiter öffnet sich der Spalt nicht. Irgendwas kommt ihm entgegengeflogen und prallt mit einem blechernen Geräusch vor seine Füße.

„Kaffee! Damit du langsam wach wirst, wenn es hier oben richtig losgeht!", hallt Valentins Stimme die Eichentreppe hinunter.

Bevor Richard etwas erwidern kann, knallt die Treppe wieder hinunter. Und es ist wieder Finsternis.

Scheiß auf den Kaffee denkt sich Richard und versucht nach der Thermoskanne zu treten, was ihn schmerzhaft und erfolglos daran erinnert, dass seine Fersen durchtrennt sind und sein Fuß durch die Bewegung nur schlaf durch die Luft baumelt.

„Ahhrg!", stößt er nur aus.

Er lässt sich wieder gegen die Wand sinken. Wohlmöglich ist wieder Morphium oder sonst was im Kaffee. Aber warum sagte Valentin dann er soll wach werden.

Im selben Moment war die Stille vorbei. Lautes Klirren von zerbrechendem Glas schallt beängstigend durch die Dunkelheit. Gefolgt von einem hysterischen Schrei, der nur von Fleur kommen konnte. Was tut er ihr an?

Fleur schreit und flucht!

„Fotze, Hure, du alte dumme hässliche Schlampe!"

Dann nur noch ein Gewirr von Schreien! Fleurs und Valeries Schreie vermischen sich, wobei Fleurs einfach hysterisch sind und Valeries nur schmerzverzerrt klingen.

Richard nimmt all seine Kraft zusammen, wirft sich nach vorne. Robbt und krabbelt wie ein Wurm in die Richtung der Treppe.

„Scheiße!"

Die Treppe ist ja nach oben gezogen. Er kommt mit letzter Kraft an der gegenüberliegenden Wand an. Zieht sich an den Feldsteinen hoch. Rutsch wieder ab. Kniet sich hin und kann mit den Fingerspitzen an der hochgeklappten Treppe kratzen. Keine Chance hier rauszukommen.

Er sinkt zusammen.

„Du Schwein! Was zur Hölle machst du mit ihnen?"

Nur noch hysterische Schreie von Fleur.

Das Heuerhaus

Brüning stochert mit der Gabel in seiner Currywurst Pommes. Er ist so gefrustet von dem erfolglosen Besuch auf dem Hof von Richard von Gehlen. Bevor er zurück nach Minden fährt wollte er erst mal was essen, da er in er Eile heute Morgen aufs Frühstück verzichtet hatte und nach einem großen Kaffee direkt nach Offelten fuhr.

Jetzt sitzt er hier ergebnislos, in einer gammeligen Pommes Bude. Die Currywurst ist scheiße. Das Pommes Fett muss schon älter sein. Er schiebt den Teller weg und nimmt einen Schluck aus der Bierflasche, die er zu seinem Mittagessen bestellt hat.

Eine Kolonne von Blaulichtfahrzeugen fährt an dem Imbiss vorbei.

„Wissen sie was da los ist?", fragt Brüning die Frau hinterm Tresen.

„Im Radio kam was von einem Mord hier in Preußisch Oldendorf."

„Was?"

„Joar, so genau weiß ich auch nicht."

Wie konnte er das nicht mitbekommen? Die Polizeiwagen kamen aus Minden. Ausgerechnet hier. Das kann doch kein Zufall sein.

Brüning springt auf, rennt zu seinem Passat und folgt dem Blaulicht.

Die Verfolgung dauert nicht lange. Sie führt über einige Felder zurück nach Offelten, einen Hang hinauf über einen holprigen Feldweg und endet an einem kleinen Heuerhaus.

Brüning parkt hinter den Polizeiwagen. Der kleine Kotten ist abgesperrt und ein paar Beamte in Uniform verhindern, dass jemand das Grundstück zu weit betritt.

„Brüning von der Steuerfahndung. Darf ich wissen was hier passiert ist?" Spricht Brüning einen Beamten an und hält seinen Dienstausweis hoch.

„Ein Doppelmord vermutlich. Aber genaueres müssen sie die Mordkommission fragen. Ich denke es ist ok wenn sie durchgehen."

Der Beamte hebt das Absperrband.

Brüning läuft Richtung Scheunentor und öffnet es etwas.

„Kann ich ihnen helfen? Das ist ein Tatort!", entgegnet ihm eine Person in zivil.

„Brüning, Steuerfahndung. Ich hatte in der Nähe einen Einsatz. Ich wollte mich nur erkundigen was hier passiert ist. Vielleicht steht es in irgendeinem Zusammenhang?"

„Ein älteres Ehepaar. Ähm, nein Geschwisterpaar. Es wurde ermordet und zerstückelt. Wir können noch nichts Genaues sagen.", antwortet der Mann in einer Lederjacke.

„Wie hießen die Leute?"

„Moormann."

Brüning lässt seinen Blick kurz durch die Scheune schweifen und entdeckt zwischen dem Fachwerk Blutspritzer.

„Danke. Würden sie mich auf dem Laufenden halten, wenn die Ermittlungen etwas ergeben?" Brüning reicht dem Beamten seine Karte.

„Sicher gern. Aber wieso denken sie es gibt einen Zusammenhang zwischen ihren Steuerermittlungen und den Morden?"

„Offelten ist ziemlich klein für so viel Kriminalität, finden sie nicht?", antwortet Brüning und schaut dem Kripobeamten in die Augen.

„Richtig. Gegen wen ermitteln sie?"

„Richard von Gehlen."

„Moormann hat für die von Gehlens gearbeitet. Und das Heuerhaus gehört der Familie. Aber sonst wüsste ich keine Zusammenhänge. Moormann hat für fast alle Bauern hier gearbeitet."

„Ich werde drüber nachdenken.", antwortet Brüning.

„Wir werden den halben Ort befragen. Ich melde mich bei ihnen. Entschuldigen sie, ich habe mich nicht vorgestellt. Frank Oestmann. Wir hören voneinander."

Brüning verlässt den Kotten und steigt wieder in seinen Passat. Er muss wieder nach Minden. Es gibt noch andere Sachen zu erledigen.

Bordeaux

Wein fließt über Fleurs Kinn und Tropf auf den alten Steinboden der Kammer. Nach ihrem Anfall durfte sie sich aus ihrem Rollstuhl erheben und freimachen. Sie fand direkt den Weg zu den Weinregalen in der Kammer hinter der Küche. Zielstrebig griff sie nach dem Bordeaux.

Sie lacht und trinkt. Jacky und Valentin stehen hinter ihr und lachen ebenfalls.

„Du hast das gut gemacht Fleur!", lacht Valentin!

„Ja das war großartig!", bestätigt Jacky und schnupft ihre Nase. Dann streicht sie sanft über Fleurs Rücken, die eine leichte Gänsehaut hat.

„Komm Fleur. Du brauchst Medizin. Und dann haben wir noch viel vor heute Abend.", sagt Valentin und zieht die Beiden aus der Kammer.

Fleur darf dabei weiter aus ihrer Weinflasche schlucken.

Valentin drängt die Zwei wieder zurück durch die Küche ins Flett. Wobei Fleur immer wieder gestützt werden muss. Sie torkelt nur hin und her und fällt fast über alles was ihr in den Weg kommt.

Sie kommt durch die Flügeltür und fällt direkt in ihren Rollstuhl.

Der große Barockspiegel ist zerbrochen. Das Tuch mit dem er abgehangen war liegt am Boden. Der goldene Barockrahmen ist fast leer. An den Rändern sind noch ein paar Splitter. Der Rest der Scherben liegt auf dem Boden.

Fleurs Blick segelt wankend durch das Flett und bleibt an etwas hängen. Sie lässt ihre Flasche Bordeaux auf den Schoß sinken. Der Wein tropft noch aus den Mundwinkeln auf ihre Jeans.

„Mama.", sagt sie leise.

Sie lächelt.

„Wie schön du bist."

Fleur schaut auf die Frau die von der Decke über dem rauchenden Kamin hängt.

Eine Frau kann man nur noch an der Figur erkennen.

Jacky steckt Fleur ein paar Pillen in den Mund und nimmt ihren Arm und drückt Fleur die Flasche an den Mund, die bereitwillig schluckt.

„Sie ist so still.", sagt Fleur.

„Ja du hast sie beruhigt.", antwortet Jacky.

„Wunderbar. Dieses Gefühl der Stille."

Valentin öffnet die Tür zum Kriechkeller und lässt die Treppe herunter.

„Es wird Zeit, dass sie wieder nach oben kommen Richard."

Die Treppe trifft Richard auf den Kopf, der noch immer darunter kniet. Er kippt zur Seite und fängt sich auf seinem Arm.

Er sagt nichts mehr. Er weiß nicht was und lässt es einfach geschehen.

Valentin poltert die Eichenbohlen hinunter und lässt den Schein der Taschenlampe kreisen.

„Ach da sind sie. Warum so weit in der Ecke? Machen sie sich doch keine Mühe."

Valentin geht gebückt zu Richard, der sich die Hand vor die Augen hält, schützend vor dem Lichtkegel der Taschenlampe.

Die Taschenlampe klemmt sich Valentin zwischen die Zähne. Mit beiden Armen greift er unter Richards Achseln. Er reißt ihn von der Wand weg. Wie eine Puppe kippt Richard nach vorn. Kräftig reißt Valentin Richard unter der Treppe hervor und schleppt ihn raus, in das Licht was die Treppe herunter scheint.

Die Treppenabsätze rammen sich bei jedem Zug in Richards Wirbelsäule. Valentin lässt ihn wieder ein Stück runterrutschen und fasst ihn wieder an den Unterarmen, um Richard weiter zu reißen.

Beim Loslassen ist Richard wieder auf seinen Füßen gelandet, die unter Schmerzen zu beiden Seiten wegknicken.

Valentin zieht ihn weiter die Treppe hoch. Richard wehrt sich nicht. Er ist erschöpft. Und je näher er dem Flett kommt umso mehr kommt ihm ein penetranter süßlicher Geruch in die Nase.

Was ist das? Was stinkt hier so?

Als er über den letzten Absatz gezogen wird, fällt sein Kopf zur Seite zum Kamin. Und ihm wird klar was da so stinkt.

Auf der letzten Glut des Kaminfeuers verschmoren Haare und Hautfetzen.

Der Gestank und die verschmorte Haut lassen ihn würgen.

Er dreht seinen Kopf weg. Doch was er dann sieht ist noch viel schlimmer.

Ein Tropfen Blut fällt auf sein Gesicht. Er schmeckt das Eisen, das in seine Mundwinkel läuft. Richard spuckt. Dann reißt er seine Augen auf.

Ist das ein gehäutetes Tier was da über ihm hängt? Nein, das kann nicht sein.

Als er heruntergebracht wurde in den Keller, hing dort seine Frau Valerie. Gefesselt.

Jetzt hängt ein Körper von dem Feuerhaken, ein Kadaver.

Nackt, nein nicht nackt. Gehäutet. Wie ein Stück Wild, dem das Fell über die Ohren gezogen wurde. So wie Richard es schon oft selbst bei Rehen oder Wildschweinen nach der Jagd getan hatte.

Doch jetzt hängt dort Valerie, seine Frau.

Blutiges Fleisch. Die Haut wurde nicht mit einem scharfen Messer abgetrennt. Das Fleisch ist blutig, mit tiefen Einschnitten und teilweise in Fetzen.

Es muss mit den Scherben des Spiegels geschehen sein, die überall blutig herumliegen.

Grobe Schnitte. Kein Kopfhaar mehr. Überall Blut.

Und die Augen, die Augäpfel ohne Lider, Wimpern oder Brauen. Die Augen die einfach erschrocken und schmerzerfüllt ins Leere starren.

Richard wird weitergezogen und in einen Schaukelstuhl in der Ecke gehievt.

Wie erstarrt lässt er alles mit sich machen. Seine Füße baumeln in der Luft und Valentin stößt den Schaukelstuhl an, der seicht wippt mit Richard, der unentwegt auf seine tote Frau starrt. Jacky und Fleur sitzen auf der anderen Seite des Fletts.

Blut verschmiert.

Besuch

Kabelbinder halten den wippenden Richard auf seinem Schaukelstuhlfest. Jacky und Valentin ziehen sich eine Line Koks auf der Eichentafel unter dem Fenster im Flett.

Erst jetzt fällt Valentin auf, dass er besser die Vorhänge zuzieht. Bevor irgendein Nachbar einen Blick hinein auf das groteske Ensemble werfen kann.

Er küsst Jacky, die noch immer blutverschmiert in ihrem Crop top dasitzt.

Als Valentin gerade aufsteht um die Vorhänge zu schließen, läutet die Türglocke.

„Verflucht wer ist das denn schon wieder.“

Er setzt sich wieder, bis die Glocke erneut läutet.

Mit den Zähnen reißt er ein Stück Klebeband ab und klebt es über Richards Mund. Dann geht er durch die Eingangshalle in die Deele zum Tor.

Die Riegel des oberen Teils reißt er zurück und öffnet das Tor.

„Ah Herr Brüning, richtig?“

„Ja, kann ich vielleicht reinkommen?“

„Sicher.“, Valentin öffnet das Tor komplett und lässt Brüning rein.

„Herr von Gehlen hat sich noch nicht gemeldet.“, sagt Valentin und schaut Brüning ratlos an.

„Darf ich mich etwas umschauen?“

„Von mir aus. Ich weiß aber nicht ob es der Familie recht ist.“

„Keine Sorge ich mache keine Unordnung.“

„Ok.“

„Wo sind ihre Freundin und Fleur von Gehlen?“

„Im Flett. Sie sitzen am Kamin.“

„Ich habe nur ein paar Fragen.“, Brüning geht einfach weiter zur Eingangshalle. Er bleibt stehen und sieht sich die Jagdtrophäen an, Rehe, Geweihe und Keiler.

„Es riecht seltsam? Kochen sie was?", Brüning dreht sich um und schaut zu Valentin.

„Ha, ha", lacht Valentin, „wir haben nur eine tote Ratte in den Kamin geworfen."

Brüning schaut verwundert. Und dreht sich wieder um zur Flügeltür zum Flett. Er drückt die Klinke. Öffnet die Tür, tritt ins Flett. Mit einer Hand greift er in seine Jackentasche, sein Handy. Dreht sich um zu Valentin. Er hat keine Möglichkeit. Sein Handy fällt auf den Boden.

Valentin hat ihm die Halsschlagader mit einem Messer durchtrennt.

Brüning kippt nach hinten gegen die Flügeltür. Es dauert nur wenige Minuten bis er tot ist.

„Jacky fass mit an!", ruft Valentin.

Jacky läuft herüber und gemeinsam ziehen sie Brüning zur Treppentür, Valentin zieht die Treppe hoch und gemeinsam stoßen sie Brüning in den Keller.

Valentin geht zu Richard und reißt ihm das Klebeband wieder vom Mund.

„Der Typ war leider etwas nervig. Man, was haben sie denn für Steuersünden begangen?"

Valentin dreht sich um und schaut sich die gehäutete Leiche an, die an dem Feuerhaken baumelt.

„Wo ist der Schlüssel vom Safe?"

„Am Schlüsselbund, an dem auch der Schlüssel des Range Rover dran ist. Er liegt in der Küche auf dem Buffet denke ich.", antwortet Richard, der langsam wieder ganz klar und ruhig ist.

„Gut", sagt Valentin, „ich werde mir jetzt die Bilder holen. Durch diesen scheiß Steuerfahnder muss alles etwas schneller gehen."

Er klebt Richards Mund wieder zu.

„Jacky, du schaffst das allein hier oder? Ich bin in zwei Stunden wieder da."

„Sicher Schatz. Fleur und ich haben ja noch Wein.", Jacky lächelt Valentin an.

Valentin geht in die Küche, holt die Schlüssel und fährt mit dem Range Rover nach Porta Westfalica.

Frau Kralitschek

Valentin parkt den Range Rover etwa hundert Meter vom Hotel Penelope entfernt. Niemand musste den Wagen dort sehen und auf falsche Gedanken kommen.

Er läuft über die Durchgangsstraße bis zum staubigen Parkplatz. Seit der Razzia war deutlich weniger los im Hotel. Auf dem Parkplatz standen nur drei Autos.

Kopfnickend geht er an den Türstehern vorbei, die ihn für einen normalen Freier halten. Am Tresen bei Frau Kralitschek bleibt er stehen. Er zieht den Ausweis heraus, den er Brüning abgenommen hatte. Hält den Dienstausweis kurz über die Rezeption und lässt ihn genauso schnell wieder in seiner Lederjacke verschwinden. Gerade so, dass Frau Kralitschek das Polizeiwappen erkennen konnte.

„Guten Tag. Müller mein Name. Herr Brüning schickt mich vorbei."

„Aha und?"

„Herr von Gehlen hat uns den Safeschlüssel gegeben. Um den Inhalt sicherzustellen."

„Ihr Ernst?", fragt Frau Kralitschek und schaut Valentin skeptisch an.

Valentin geht wortlos um den Tresen in das angrenzende Büro.

„Wo bitte haben sie den Schlüssel her? Und wo ist Herr von Gehlen?", läuft die Hausdame hinter ihm her.

Unbeirrt durchtrennt Valentin das Polizeisiegel und schließt den Safe auf, ohne auf Frau Kralitschek zu reagieren.

„Hören sie mich nicht Herr Müller? Ich habe seit Tagen nichts von Herrn von Gehlen gehört. Kann ihn nicht erreichen. Und sie kommen hier rein, mit dem Safeschlüssel und nehmen einfach so alles mit?"

Valentin nimmt zwei Leinwandrollen aus dem Safe, wartet kurz und nimmt dann noch die zwei Aktenordner mit. Sieht unauffälliger aus denkt er sich. Dann dreht er sich zu Frau Kralitschek.

„Ich habe meine Anweisung nur von Herrn Brüning Zu Herrn von Gehlen kann ich ihnen keine Auskunft geben. Aber ich richte Herrn Brüning gerne aus er soll sich diesbezüglich bei ihnen melden.“

„Ja tun sie das. Ich werde ihn auch anrufen.“, antwortet Frau Kralitschek. Aber Valentin hat schon längst das Hotel verlassen und geht zurück zum Wagen.

Auf dem Weg dorthin wirft er die Aktenordner in den Straßengraben. Er öffnet den Range Rover, steigt ein und fährt sofort los.

Noch während der Fahrt entrollt er die Leinwandrollen. Es ist das was er erwartet hatte.

Jetzt nur noch die Sache zu Ende bringen.

Papa

Es wird dunkel im Flett. Die Sonne geht langsam unter und es fällt kaum noch Licht durch die zugezogenen Vorhänge des Fensters. Jacky entzündet erst eine Petroleumlampe und danach wirft sie einige Buchenscheide in den Kamin um diesen wieder zu entfachen. Sie stochert zwischen Haut, Haaren und Holz bis das Feuer langsam wieder angeht.

Sie fasst mit beiden Händen an den Kadaver von Valerie und dreht ihn mit dem Feuerhacken etwas zur Seite, damit dieser nicht weiter über dem Feuer hängt. Die kleinen Hände von Jacky fassen das leblose Fleisch an wie ein Schlachter, der ein halbes totes Schwein vor sich herschiebt.

Aus der Küchenkammer holt Jacky eine weitere Flasche Wein und öffnet sie an der Eichentafel. Dann holt sie drei Gläser aus der Küche und schenkt ein.

Langsam zieht sie das Klebeband von Richards Mund. Sie hält ihm ein Glas an den Mund. Kippt langsam. Erst hält Richard den Mund geschlossen. Der Wein läuft ihm das Kinn hinab. Schließlich öffnet er den Mund und lässt das halbe Glas in sich hineinlaufen.

Jacky stellt das Glas wieder ab. Greift zu dem anderen Glas und nimmt einen großen Schluck. Stellt es wieder ab und nimmt das dritte Glas, um damit zu Fleur zu gehen.

„Bitte nicht.", sagt Richard.

„Oh doch Papa!", antwortet Fleur und öffnet gierig den Mund, als Jacky ihr das Glas hinhält.

Seit so vielen Jahren hatte er nicht mehr das Wort Papa aus dem Mund seiner Tochter gehört. Es war surreal.

Er wusste sie war betrunken und deshalb klang sie so sentimental und fröhlich. Aber wie konnte sie das nur, wenn gleichzeitig ihre Mutter dort gehäutet von der Decke hängt.

„Fleur, alles wird gut. Ich verspreche es dir!"

„Ich weiß Papa, ich weiß!", antwortet sie mit leichter und gleichzeitig abwesender Stimme.

„Jacky? Warum machen sie das?", fragt Richard ohne wirkliche Hoffnung auf eine Antwort.

„Aus Liebe.", ist ihre kurze und knappe Antwort.

„Was haben sie mit Valerie gemacht?"

„Nicht wir. Valentin und ich haben sie nur da auf gehangen."

„Wer hat ihr das denn angetan?", schreit Richard und will sich am liebsten von seinem Schaukelstuhl losreißen.

„Ihre Tochter. Fleur!"

Jacky lächelt Richard an.

Leid

Der Range Rover fährt wieder auf den Hof der von Gehlen. Valentin hat das Blaulicht auf dem Hügel wahrgenommen. Dort oben bei dem Heuerhaus von Lisbeth und Hektor.

Er weiß was sie dort gefunden haben, nämlich das was er dort hinterlassen hat.

Valentin weiß er muss sich mit dem Rest beeilen.

Er nimmt die Leinwandrollen und springt aus dem Wagen. Rennt zum Deelentor und stößt es einfach mit der Schulter auf.

Jacky läuft ihm wie immer aufgedreht, zugekokst und angetrunken entgegen.

„Hi Schatz!", begrüßt sie ihn, als wäre einfach ihr Freund auf einen Kaffee vorbeigekommen ist.

Sie steht da in ihrem Crop top und ihrer high waisted Jeans, als würde sie gleich auf eine Party gehen. Ihre Brüste sind zu groß für ihr Top. Das fällt Valentin sogar in dieser Situation auf.

Sie ist so cool. Zu cool denkt Valentin.

„Wir müssen es beenden Jacky. Wir haben was wir brauchen. Aber die Bullen sind schon oben bei dem Kotten. Es wird nicht lange dauern bis sie hier sind."

„Ok, komm mit. Beide sind ruhiggestellt. Fleur ist völlig breit. Und der Alte hängt nur in seinem Schaukelstuhl. Bringen wir es zu Ende und hauen ab Baby."

Sie gehen ins Flett wo Fleur selig im Rollstuhl hängt. Den Kopf gesenkt. Und Richard von Gehlen auf der anderen Seite in seinem Schaukelstuhl sitzt. Die Augen hellwach.

„Na Richard. Wie geht's ihnen?", spricht Valentin den Mann an. Und zieht ihm wieder das Tape vom Mund.

„Was, was wollen sie noch? Sie haben doch die Bilder.", stammelt er.

„Ja die habe ich. Aber ich bin noch nicht fertig mit ihnen."

Jacky hievt Fleur aus dem Rollstuhl. Sie kann sich kaum auf den Beinen halten.

Valentin lehnt an der Wand und dreht dich eine Zigarette.

„Lässt du mir einen Hänger Baby?", keucht ihm Jacky zu, während sie Fleur vom Rollstuhl zum Schaukelstuhl schleppt.

Auf Richards Knien lässt Jack Fleur nieder

„Was soll das?", fragt Richard.

Fleur schmiegt ihren Kopf an Richards Oberschenkel.

„Papa.", sagt Fleur leise.

„Was soll das? Was meinte Jacky damit, das Fleur meiner Frau das angetan hat?"

„Sie verstehen nichts Herr von Gehlen, oder?", antwortet ihm Jacky und schaut ihm dabei, mit ihren grünen Augen, tief in die Augen.

„Nein.", sagt er zitternd. Er hat Schüttelfrost. Ihm läuft kalter Schweiß unter den Achseln runter. Und Tränen kullern aus seinen Augen.

Valentin raucht weiter seine Zigarette und lässt Jacky einfach weitermachen.

„Was glauben sie, was mit ihrer Frau passiert ist?"

„Ich denke noch immer sie waren es. Auch wenn sie behaupten Fleur war es. Aber dazu ist sie doch gar nicht fähig."

„Ach das denken sie? Ich erzähle es ihnen. Denn bald wird es ihnen ähnlich ergehen."

„Wie meinen sie das Jacky? Fleur liegt wie tot auf meinem Schoss."

„Was wird ihre Tochter wohl dabei empfinden in ihrem Schritt zu liegen" Jacky beugt sich über ihn und genießt ihr Spiel.

„Was wollen sie denn noch? Was? Was?"

„Wie gesagt es war ihre Tochter, zumindest das wesentliche was mit Valerie passierte."

„Wie?"

Richard ist angespannt und will wissen was mit Valerie passierte.

„Sie wissen doch was passiert, wenn Fleur in einen Spiegel schaut?"

„Ja! Nun sagen sie doch endlich!", Richard blickt Jacky direkt in die Augen.

„Um es kurz zu machen, bei einem der verhängten Spiegel viel der Vorhang hinunter, sie wissen was dann passiert?"

„Ja.“, Richard senkt den Kopf und blickt auf seine Tochter.

„Fleur ist total ausgerastet. Sie hat mit den Fäusten den Spiegel zerschlagen. Schrie! Und dann sah sie ihre Mutter. Ihr Mutter wie ein Spiegelbild. Erst war sie irritiert. Fleur wollte sich selbst verletzen. Aber ihr Blick viel immer wieder auf ihre Mutter. Bis sie nachgab.“

„Was heißt bis sie nachgab?“

„Sie gab dem Drang nach. Und zog ihrer Mutter die Haut ab. Valentin und ich mussten nur zuschauen. Genauso wie jetzt.“

Fleurs zweiter Anfang

Valentin kommt von der Wand weg und drückt seine Kippe aus. „Schluss jetzt mit dem Gelaber! Jacky, mach das sie weitermacht!"

Mit dem Ellenbogen gibt Jacky Fleur ein Stups.

Fleur wird wach wie ein Tier und fletscht sabbernd ihre Zähne. Jacky muss sie unsanft zurückstoßen. Aber die Aggressionen von Fleur sind nur gegen Richard gerichtet.

Valentin schaut amüsiert zu, während Jacky Richards Hose bis zu den Knien herunterzieht. Und danach seine Boxershorts runterreißt.

Jacky lehnt sich entspannt zurück.

„Dein Job Schatz!", sagt sie auffordernd zu Fleur.

Und Fleur zögert nicht. Sie reißt ihren Mund soweit es geht auf. Ihre Mundwinkel reißen. Und sogleich hat sie zugebissen. Sie beißt unterhalb des Glieds. Direkt in Richards Hoden. Sie beißt, sie beißt so fest sie kann. Richard schreit. Sie schüttelt ihren Kopf mit aller Kraft. Sie reißt so fest würde sie ohne Messer ein zähes Stück Steak beißen.

Fleur reißt weiter mit ihren Zähnen, ihrem Kiefer. Bis sie sie keinen Widerstand fühlt. Nur noch weiches Fleisch in ihrem Mund und zwischen ihrem Kiefer und Zähnen.

Richard schreit vor Schmerzen, das Blut spritz unter seinem Penis raus. Er wirft seinen Kopf hin und schreit.

Jacky nimmt eine Glasscherbe von dem zerbrochenen Spiegel und umschließt sie mit einer Hand.

Sie geht auf Valentin zu, der lässig an der Wand steht und sich eine Zigarette anzündet. Mit einem Arm drückt er Jacky an sich heran.

„Wir müssen los Baby.", flüstert er ihr ins Ohr.

„Nein.", antwortet sie leise zurück Und rammt ihm die Glasscherbe zwischen die Rippen. Zieht sie wieder heraus und sticht mehrfach wieder zu.

Valentin hat keine Chance zu reagieren. Jacky hat sein Herz getroffen. Er lässt seine Zigarette fallen. Er ist so erschrocken, dass er kein Wort mehr rausbekommt. Es ist nur noch feuchte Luft die seinen Lungen entweicht. Dann singt er langsam an der Fachwerkwand herunter und stirbt.

Jacky steht noch einen Moment vor dem Sterbenden, bis sie sich umdreht und zu Fleur und Richard geht.

Fleur kniet noch vor Richard und spuckt Blut und Genitalien ihres Vaters aus. Sie lächelt.

Mit der blutigen Glasscherbe in der Hand geht Jacky auf Richard zu und schneidet mit einem Schnitt seine Kehle durch.

Richards Schreien verstummt langsam und sein Kopf fällt nach vorne auf seinen Brustkorb.

Stille. Fleur und Jacky lächeln sich an.

„Fühlst du das Gefühl der Stille?"

Fleur kniet vor ihrem toten Vater und Jacky, die vor ihr steht.

„Fühlst du das Gefühl der Stille?", fragt Fleur wieder.

„Ja."

Jacky lässt die Glasscherbe fallen und kniet sich zu Fleur und küsst sie. Sie sinken gemeinsam auf den blutverschmierten Boden und umklammern sich. Sie halten sich fest und küssen sich. Gegenseitig reißen sich Jacky und Fleur die Kleider vom Leib, suhlen sich im Blut. Jacky wandert mit dem Kopf zwischen Fleurs Beine und leckt sie.

Das Ende

Das Taxi vom Flughafen Münster/Osnabrück kostet 120 Euro. ärgert sich das seine Eltern ihn nicht vom Flughafen abholen. Nicht mal ans Telefon gehen sie. Typisch denkt er sich.

Der Ärger ist schnell verflogen, als er aus dem Taxi steigt und vor dem flatternden Absperrband der Polizei steht. Die Allee und das gesamte Grundstück um den Hof sind abgesperrt. Auf dem Hof stehen Polizeiwagen, Krankenwagen und Leichenwagen.

Es ist etwas passiert.

lässt seine Reisetasche auf den staubigen Boden fallen und rennt die Allee hoch. Sein Herz rast bei der Anstrengung, der Hitze und der Angst. Ein uniformierter und ein Beamter in zivil kommen ihm entgegen.

„Halt Stopp. Das ist ein Tatort! Wer sind sie?“

„Von Gehlen. Das ist der Hof meiner Eltern. Was ist hier los?“

Der zivile Beamte zeigt seinen Dienstausweis.

„Können sie sich ausweisen Herr von Gehlen?“

Oscar holt sein Portemonnaie aus der Hosentasche und zieht seinen Personalausweis heraus.

„Bitte folgen sie mir Herr von Gehlen.“

„Was ist passiert?“, will er wissen.

Der Beamte geht schweigend mit ihm ein Stück neben das Gebäude. Dort wo seine Mutter einen Bauerngarten angelegt hatte.

„Es tut mir sehr leid Herr von Gehlen.“, sagt der Beamte und dreht sich dabei zu ihm.

„Ich muss ihnen leider sagen, ihre Eltern sind einem Mord zum Opfer gefallen.“

Oscar starrt auf die Rosen und den Lavendel.

„Herr von Gehlen, ihre Eltern wurden ermordet. Außerdem ein Polizeibeamter und ein weiterer Mann, der noch identifiziert werden muss. Unweit von hier in einem Heuerhaus wurden ebenfalls zwei Menschen getötet.“

„Was ist mit meiner Schwester? Fleur, sie sollte hier sein mit ihrer Betreuerin."

„Sie wurden nicht gefunden. Es wurde alles abgesucht. Das gesamte Anwesen. Es sind keine Personen auf dem Gelände. Aber wir suchen selbstverständlich weiter."

Oscar sinkt neben dem Beamten zu Boden. Sein Blick auf das Blumenbeet seiner Mutter gerichtet. Er denkt an Fleur. Wo ist sie? Wieder ist er zu spät gekommen.

Danksagung

Dank geht an meine Familie für eure immerwährende Unterstützung.

Alexandra Siebrecht, Christian Siebrecht, Laura Burzeja, Moritz Weiss und Yonca Bilgin, weil ihr mich auf so Ideen bringt.

Jan Florian Cremer, Hotelfachmann und Betriebswirt lebt und arbeitet in Essen. Sein Backbuch „Jahreszeiten auf Gut Ihorst" erschien im Jahr 2010.

Facebook: Jan Cremer

Instagram: j_crmr